KB266935

산지니 드림

성공하는
글쓰기
전략

OTONA NO BUNSHOUZHUTSU
by Takashi Nakajima
ⓒ Takashi Nakajima 2004, Printed in Japan

Korean translation copyright ⓒ 2007 by Sanzini Books
Korean translation rights arranged with SHUFUNOTOMO Co., Ltd.
through Imprima Korea Agency

성공하는 글쓰기 전략

나카지마 다카시 지음 | 최영봉 · 손일 옮김

산지니

글쓰기를 잘하면 일도 잘한다

"도대체 무슨 말을 하고 싶은 거지?"

"다들 바쁜데 한눈에 결론을 알 수 있도록 쓸 수는 없나?"

"핵심을 강조하면서 더 간결하고 읽기 쉽게 쓸 수는 없는 거야?"

비즈니스맨이라면 누구나 이런 이야기를 들은 경험이 있을 것이다. 그럴 때마다,

'어떤 부분이 어렵다는 건지 분명하게 말해 주면 좋겠는데……'

'한번에 알 수 있도록 하려면 어떻게 해야 하지?'

'그 사람 보고서는 언제 보아도 멋진데, 나는 글재주가 없나봐' 라는 생각이 든다.

비즈니스맨과 업무상 문장(업무문)은 끊으려야 끊을 수 없는 관계다. 상사에게 쓰는 작은 메모도 업무문이고, 품의서, 기획서, 단골거래처에 대한 프리젠테이션도 업무문이다. 다행히 비즈니스맨의 경우 써야할 게 많기 때문에, 무엇을 써야 좋을까? 라는 고민을 할 필요는 없다. 만약 여

러분이 영업사원이라면 그야말로 매일 인기작가 이상으로 많은 문장을 쓰고 있을 것이다.

지금까지의 이야기를 종합해 보면, 업무능력이 있는 사람과 업무능력이 없는 사람의 차이는 공부를 잘하고 못하고 문제와는 전혀 관계가 없다. 아무리 공부를 잘하고 지식이 풍부해도 업무능력과는 관계가 없다. 그러나 문장력이 뛰어나다면, 특히 업무문을 잘 쓸 수 있다면, 이는 업무능력과 밀접한 상관관계가 있다. 주위를 둘러보면, 업무를 잘하는 사람은 모두 간단명료하게 보고도 잘하며 문장력이 뛰어나다. 반대로 업무능력이 떨어지는 사람은 영업출장보고서 한 장 쓰는 것도 서투르다. 도대체 무슨 말을 하고 싶은 거야? 머리가 좀 이상한 거 아냐? 주위 사람들도 이렇게 평가를 내려 버린다.

도대체 왜 그럴까? 이는 일을 할 때 우선순위를 명확히 하거나 정리를 하고, 지식을 규칙화하는 습관이 되어 있지 않기 때문이다. '생각했던 업무' 를 실행하는 데 있어서 습관이 되어 있지 않다. 이래서는 일류 업무를 행할 수 없다.

어떻게 하면 생각했던 업무를 잘 할 수 있을까?

어떻게 하면 생각하는 것을 상대에게 알기 쉽게 전달할 수 있을까?

어떻게 하면 자극을 주는 문장, 사람을 움직이는 절실한 문장을 쓸 수 있을까?

특히, 업무에 관한 문장은 어떻게 해야 능숙하게 할 수 있을까?

이런 고민에 대한 해답을 제시하는 것이 바로 이 책의 목적이다.

나도 영업사원 시절부터 〈문장술〉이라 명명된 책은 산더미처럼 읽어 보았지만 언제나 읽으면서, 이 부분은 아닌데? 이건 좀 이상한데? 라는 생각이 들었다. 무언가 부족한 것 같았다. 무엇이 부족했을까?

① 읽어도 바로 사용할 수 없다.

우선, '문장' 이라고 한 단어로 말하지만 그 내용은 천차만별이다. 소설과 업무문에는 천지 차이가 있다. 어느 쪽이든 사람의 마음을 움직여야 하지만, 쓰는 방법·전달하는 방법은 다르다.

업무문은 항상 독자보다 필자에게 책임이 돌아온다. 업무문에서는 "숨은 뜻을 읽어 주세요"라고 말할 수 없다. "좀더 깊이 읽고, 이해를 해 보라"고 할 수도 없다. 어떤 사람이 읽더라도 알 수 있는 전달내용이 없으면 업무문이 아닌 것이다. 이것은 업무문이 가지는 숙명이기도 하다.

② 좋은 지침서가 없다.

'이것만 체크하면 무언가 이루어지겠다' 는 생각이 들 정도의 지침서가 없다. '이거라면 업무문에 이용할 수 있겠다' 라고 비즈니스맨들이 좋아할 만한 전문적인 업무문 지침서가 없다는 것이다.

③ 메일매거진, 홈페이지 문장술이 없다.

나도 홈페이지를 운영(매주 월요일 갱신)하고 있고, 메일매거진을 발행(매주 목요일)하고 있지만, 이 두 가지는 문장이 특수하다. 메일매거진, 개인홈페이지가 이만큼 트랜드가 되어 가는데도 그에 대한 지침서가 없어 이 책 제5장에서 메일매거진, 홈페이지 문장 쓰는 법을 정리해 보았다.

이 책의 특징에는 다음 세 가지가 있다.

① 〈업무상의 문장=업무문〉에 철저함을 기했다.

품의서, 기획서, 제안서, 영업사원이라면 출장보고서나 감사문, 사과문, 프리젠테이션의 시나리오 등 비즈니스맨이 일상적으로 볼 수 있는 문장을 다루고 있다. 일기나 에세이, 소설, 일부 엘리트를 대상으로 하는 논문 쓰는 법 등은 일체 무시했다.

② 즉시 사용할 수 있다.

이렇게 쓰면 된다, 라는 업무문의 원칙과 비결을 정리하고 있다. 그러나 줄바꾸기, 문장부호 사용법 등과 같은 초보적인 내용은 페이지 사정상 생략했다.

③ 좋은 예, 나쁜 예를 불문하고 가능하면 실제 비즈니스맨의 업무문을 소개하고, 도대체 어디가 좋고 어디가 나쁜지를 설명했다.

너무나도 바쁜 현대인들에게 문장술을 마스터하는 것은 대단히 중요하다. 더 나은 업무를 하기 위해서나, 더 성과를 내기 위해서도 필수적인 기술이다. '나는 재능이 없어서 무리야' 라고 체념하지 말라. 문장, 특히 업무문은 어떤 일정한 원칙과 비결만 익히면 누구라도 수준 이상의 내용을 쓸 수 있다. 업무문의 사명은 상대에게 오해나 착각을 주지 않고, 정확하게, 효과적으로 전달하는 것이다. 소설이나 에세이처럼 아름다운 문체를 쓸 필요도 없다. 스킬, 노하우는 언제라도 이전 가능하기 때문에, '이것은! 이라는 기술을 점점 익혀 나가면 되는 것이다.

여러분들의 업무에 이 책이 많이 활용되기를 바라면서…….

너무나도 바쁜 현대인들에게 문장술은 더 나은 업무를 하기 위해서나, 더 성과를 내기 위해서도 필수적인 기술이다.

제1장 〈알기 쉬운 문장〉은 어떻게 써야 좋은가?

제2장 누구라도 쓸 수 있다!
: 설득력 있는 문장 만드는 〈여섯 가지 법칙〉

절실한 문장을 쓰라
: 업무문은 사람을 감동시켜야 가치가 있다

그럼 실제로 써 보자!
: 이 정도라면 절대 합격인 업무 문장술

인터넷 문장은 예외 투성이!
: 도움이 되는 메일, 메일매거진, 홈페이지 문장술

제1장

〈알기 쉬운 문장〉은 어떻게 써야 좋은가?

어려운 것을 쉽게,
쉬운 것을 재미있게,
재미있는 것을 깊게 표현하라.

도대체 **말하고** 싶은 것이 무엇인가?

상대방의 이해력에 맞추어 확실히 알아 들을 수 있도록 문장을 가공하는 기술이 필요하다.

글쓰기의 비결을 한마디로 말하면 편집과 번역이라고 생각한다. 이것은 현실적인 이야기다. 우선 '편집력' 이라 는 것은, 부분을 배려하면서 문장 전체의 구조를 생각하는 것이다. 구체적으로 말하면, 문장의 폰트를 바꾸거나 강약·장단을 가지게 하고, 문장을 정리정돈하며, 때로는 가 감하거나 앞뒤를 바꿈으로써 좀더 상대에게 알기 쉽고, 오해 없이, 정확하고 효과적으로 전달할 수 있도록 하는 것이다. 물론 여기서 '효과적' 이라는 말은 내가 의도하는 방향으로 일을 진행시켜 나가는 것을 의미한다.

- 전반부에 키워드를 바로 드러내는 것이 흥미나 관심을 끌 수 있다.
- 곧바로 결론을 내리는 것이 임펙트가 강하다.
- 반론을 막는 문장은 다음 단락에 쓰면 된다.
- 데이터는 첨부자료로 하거나 말미에 정리해 둔다.

이렇게 해서 여러분이 의도하는 메시지를 상대에게 보내라. 그것이 문장의 사명이다.

다음으로 '번역력' 이란 무엇인가?

상대방에게 확실하게 전달할 수 있도록 문장을 가공하는 기술이다. 의미의 본질이나 포인트를 바꾸는 것은 안 되지만, 아, 그런가? 잘 알겠다, 라고 생각하게끔 만드는 것이다. 그렇게 하기 위해서는 상대의 이해력에 맞추어야 한다. 예를 들어 "스테이크는 두께가 5센티미터 정도는 돼야 한다'고 말하는 사람들이 있는 반면, 나처럼 얇은 것을 좋아하는 사람도 있다. 기호에 따라 익히는 방법도 웰던, 미디엄, 레어로 나뉜다. 이처럼 스테이크 하나도 사람마다 기호가 각각 다른 것이다.

문장 또한, 분량이 많아도 이를 읽고서 소화시켜 내는 사람이 있는 반면, 분량이 많으면 읽어도 제대로 이해하지 못하는 사람이 있다. 따라서 상대방의 소화력을 무시하고 마음대로 쓴다면 순조롭게 전달될 수 없다. 이런 측면을 소홀히 여기면 "대체 말하고 싶은 게 뭐야?'라는 말을 듣게 되는 것이다.

여러분은 어떤 타입인가?

어려운 것을 어렵게
쓰는 이유는 자신도
모르기 때문이다.

"말하는 것처럼 문장을 쓸 수 있어야 한다."

어떤 저명한 작가는 문장지침서에 이렇게 쓰고 있는데, 휴대폰 문자메시지를 능숙하게 쓰는 젊은 사람들처럼 말하듯이 술술 써 낸다면 힘들지는 않다. 그러나 쓰는 말과 이야기하는 말은 다르다. 특히 업무문을 이야기하는 것처럼 쓴다면 위화감만이 남게 될 것이다.

문장을 쓰는 방식에 따라 다음 네 가지 타입이 있다. 여러분은 어떤 타입에 속하는가?

① 어려운 것을 어렵게 쓰는 사람(불친절!)
② 쉬운 것을 어렵게 쓰는 사람(바보!)
③ 쉬운 것을 쉽게 쓰는 사람(그럭저럭!)
④ 어려운 것을 쉽게 쓰는 사람(최고!)

어려운 것을 어렵게 쓰는 이유는 자신도 모르기 때문이다. 자신이 모르기 때문에 그렇게 써 버린다. 이것은 3번 타입도 같다. 한편 본질이나 포인트를 파악하고 있거나, 배경이나 경위를 모두 알고 있는 사람은 아무리 복잡한 내용이라도 단순하게 표현할 수 있다. 즉 네 번째 타입, 어려운 것을 쉽게 쓰는 사람인 것이다. 이러한 타입이 되어야 한다.

마쯔시타 고노스케(마쯔시타전기 창업자)는 저서를 정리하는 작업 도중 이렇게 말했다.

"이 단어는 무슨 말인지 잘 모르겠다. 좀더 쉽게 고쳐야겠다."

"그런가? 세상에는 자네만큼 머리 좋은 사람만 있다고 단정할 수는 없으니까 우리말로 할까?"

세상에 고노스케 씨와 같은 타입은 그렇게 많지 않다. 반대로 쉬운 것을 일부러 어렵게 쓰고는, 나 공부 좀 했지? 나 이런 어려운 말 잘 알고 있지? 라고 으스대는 사람이 적지 않다. 특히 외래어 표현(예를 들어, 프리젠테이션이나 오퍼레이션 등)을 쓰면 학식이 있어 보이고, 듣기에도 좋을 것 같아 분별없이 함부로 사용하고 싶어진다.

과자회사 임원이던 지인이 이런 불평을 한 적 있다. 그는 연구개발부와 부품기획부 두 개 부문을 관장하고 있었는데, 신상품 광고전략을 세우면서 대형 광고회사 몇 군데어 광고의뢰를 했다고 한다. 그런데 그 광고전략 발표에서 외래어 표현이 계속 나오는 프리젠테이션을 하더라는 것이다. 누군가 무심결에 "대체 말하고자 하는 게 뭐야?", "그 외래어 전부 우리말로 바꾸면 안 되나?"라고 투덜다자 상대방은 말 한마디 못하고 하얗게 굳어 버리더라는 것이다.

　이것은 프리젠테이션이라는 말하는 언어의 세계에서 일어난 일이지만, 글쓰기 세계에서도 꼭 들어맞는다. 같은 뜻이라면 누구나 알 수 있도록 쉬운 표현을 써야 한다. 이것이 중요하다. 나는 참 열심히 한다든지 머리가 좋다는 점을 보여 줄 필요는 없다. 어린아이도 알 수 있는 평이한 문장을 쓰는 것이야말로 제몫을 다하는 일이다.

문장에는 역시 **감동**이 필요하다 

무슨 일이든지 목적이 있지만 문장의 목적, 특히 업무문의 목적은 다음 세 가지다.

① 오해와 착각이 없도록 정확하게 메시지(의사)를 전달할 것
② 임펙트가 있는 문장, 감동을 주는 문장, 절실한 문장, 즉 읽으면 마음이 움직이는 문장일 것
③ 그 결과 내가 의도하는 방향으로 상대를 유도할 수 있을 것

이 세 가지를 기억해 두라. 이러한 포인트를 정확하게 지킨 문장이 아니라면 효과는 그다지 나타나지 않을 것이다.

소설이 아닌 업무문에 감동 따위는 필요 없다는 사람도 있다. 그러나 잘 생각해 보라. 영업담당자가 고객의 마음을 감동시키고, 부하가 상사의 기분을 움직일 때, 그 문장에는 반드시 마음(정확하게는 생각이라고 하는 것)이 포함되어 있다. 마음을 담아 쓰는 것이야말로 사람을 감동시킨다. 쓰는 사람과 읽는 사람이 마음으로 공감하는 것이다.

'좋아 그 사람한테서 사자.'

'노력했으니 최선을 다해 보자.'

사람이 움직일 때는 '감동'이 있을 때다. 마음이 느끼므로 움직이는 것이다. 머리로 느끼는 것이 아니라 마음으로 느낀다. 그렇다면 글쓰기에도 업무문이든 아니든 사람을 감동시킬 만한 절실한 표현이 있어야 마땅하지 않을까?

제4장에서 자세히 소개하겠지만, 예를 들어 클레임에 대한 사과문을 쓸 때, 틀에 박힌 형태의 공문서를 보내면 과연 고객이 납득할까? 오히려 분노를 사고, 수습이 안 될 수도 있다. 잘못하면 불에 기름을 끼얹는 격이 된다.

'과연 이 글은 솔직히 사과를 하고 있어 호감이 간다.'

'상당히 반성하고 있구나.'

'성의가 눈에 보인다.'

이런 평가를 받는 문장이야말로 고객이 납득하고, 때로는 감동하며, 이후 충성고객이 될 수도 있지 않을까? 업무문이라서 감동적일 필요는 없다는 논리는 받아들일 수 없다. 혼이 들어 있지 않은 문장은 문장이 아니라고 할 정도로 임펙트, 감동을 주는 절실한 문장을 써야 한다.

업무문, 여기를 이렇게 **바꾸니** 좋아졌다

구체적으로 업무문의 실례를 들어보자.

좋은 예는 막상 알고 있지도 못하고, 나쁜 예는 소개하기가 어렵다. 회사가 공개를 꺼리기 때문이다. 그래서 내 거래처의 업무문을 이용해 보았다. 어, 이게 뭐지? 왜 이렇게 썼지? 라고 느끼는 업무문뿐인데, 그것은 의식적으로 나쁜 예를 모았기 때문이다.

그럼 다음의 실패한 예를 보도록 하자.

˚ 업무문은 카테고리로 분류하면 제안서에 포함된다. 제안하는 측은 모 인쇄회사, 제안 받는 측은 모 싱크탱크다. 그 싱크탱크는 정기적으로 고객에 대한 정보지를 발행하고 있는데, 그 편집을 이 인쇄회사가 대행하고자 하는 것˚ 바로 이 제안서다. 이 문서는 제안서 첫째 페이지로, 표지˚에 해당한다. 제안서는 무려 총 15페이지에 달하는 상당한 분량이다. 이 문서 한 장이 내용 또는 구성 측면에서 어울린다고 보는가? 한눈에 '어, 이건 아니야' 라든지 '이렇게 바꾸는 것이 좋겠다' 라는 개선방안이 머릿속에 떠오른다면 여러분은 문장술에서 이미 상당한 수준에 도달한 것이다.

주식회사 ○○사에 대한 제안

머릿글

근계

주식회사 ○○사의 후의에 감사드립니다.

지금, 역사적으로 증명된 사회의 구조변화를 보는 것과 같이, 예전의 산업시대는 끝나가고 있습니다.

P.F. 드러커나 A. 토플러, J. 네즈 등 뛰어난 통찰력을 가진 세계일류 두뇌들은 확립된 독자적 세계관을 가지고 전 세계에 영향을 미치고 있습니다.

그리고 우리나라는 국제사회에서 그 탁월한 세계관을 배우고, 참된 가치관을 끄집어내어 실현하는 것이, 앞으로 우리들에게 부여된 의무 아닐까요?

지금부터의 격동 속에서, 지식가치사회(智識價値社會)를 살아나가기 위해서 가장 필요로 하는 과정으로서, 그것은 글로벌한 관점에서 세상을 바로 받아들이고, 다시금 참된 가치관을 창출해 내는 것으로, 새로운 전개를 이루어 나가는 것이라고 생각하고 있습니다.

구독자이기도 한 당사는 모든 것의 원점인 고객만족

에 주력한 편집자세에 서서, 각지의 일반사원에게도 친근감이 있는 고객참가형의 지면과, 웹 등을 조합한 정보기술을 제공하고 있습니다.

그리고 당사 담당자와 고객 간의 커뮤니케이션을 원활하게 하기 위한 툴로서 착실하게 정보가치를 높일 것을 제언합니다.

이것이 나중에, 진정한 고객과의 밀접한 관계(협업화·공동창조의 서비스 제공)가 원활하게 되고, 나아가 내일의 리더 육성, 산업 시프트프로젝트 등 참된 가치를 공동창조할 수 있는 네트워크 구축으로 진화시켜 세계에 영향력이 있는 조직으로 발전시킬 것을 바라마지 않습니다.

아무쪼록 앞으로도 부디 지도, 편달을 부탁드립니다.

경구

○○정보기획주식회사

그러면 이 문서는 어디가 잘못되었는지, 어떻게 바꾸어야 할지 살펴보자. 외견상 곧바로 눈에 띄는 문제점은 다음과 같다.

① 날짜가 없다.

업무문에서는 언제 작성한 것인지, 언제 제출한 것인지가 상당히 중요하다. 날짜가 없는 것은 치명적이다.

② 제안서는 편지가 아니다.

우선 위화감이 느껴지는 곳은 '근계(편지 첫머리에 쓰는 삼가 아룁니다)', '경구(편지 끝에 쓰는 삼가 아룁니다)' 라는 글귀다. 이 문서는 프리젠테이션을 위한 제안서다. 상대방에게 제안서를 우송하는 것이 아니다. 그러므로 근계, 경구라는 문구는 전혀 불필요하다.

③ 발신자 이름의 위치

○○정보기획주식회사라는 발신자명 위치는 바꾸는 것이 좋다.

구성을 고치는 것도 중요하지만, 무엇보다도 업무문은 내용이 중요하다. 내용만 좋다면 구성에서의 약점은 커버될 수 있다. 그 만큼의 내용이 있는지 여부가 중요한데, 그것은 문장술 이전의 문제이므로 여기에서 구체적으로 다루지는 않겠다. 하지만 이 문서에서 개선할 점은 다음과 같다.

④ 과잉표현은 금물

'드러커', '토플러', '네즈(네이스비츠)', '지식가치사
회', '참된 가치', '협업화', '공동창조', '산업시프트프로
젝트', '세계에 영향력이 있는 조직' 등등의 표현은 상단
에 조그맣게 쓰여 있다 하더라도 지극히 피상적이라는 것
은 부정할 수 없다. 표지에 해당하는 이 내용이 도대체 우
리의 비즈니스와 무슨 관계가 있는 거야, 라고 의아스럽게
생각할 것이다.

⑤ 어느 정도 장점이 있는지를 호소한다.

문장은 자기의 메시지를 구체적으로 전달하기 위해 존
재한다. 특히 업무문의 경우, 전달하면 그것으로 끝나는
수준이 아니라, '상대를 움직이게' 하는 데 목적이 있다.
도대체 이 문장에서 전달하고 싶은 것이 뭘까, 이 문장(에
쓰여 있는 것)을 채택하면 무엇을 실현할 수 있는가, 그 장
점을 호소하는 것이 아니라면 가치가 없다.

업무문은 상대를 움직이게 하는 데 목적이 있다.

○○년 ○월 ○일

주식회사 ○○사에 대한 제안

○○정보기획주식회사
대표이사 ○○○

기존 정보지 ○○○의 신규 개선안을 아래와 같이 제안합니다.

아래

● **제안의 목적: 정보지의 전면 개정**

① 매상 예측

발행부수를 2배 늘임으로써 구독매상에 2배의 영향력이 있고, 광고효과 가치가 높아지며, 시너지효과를 발생시킨다. 단기목표는 2만 부, 최종목표는 전 회원수의 1/3로 하고, 13억 원(광고별)의 수입을 실현한다.(첨부 데이터 참조)

② 귀사의 완전한 이미지 변신

조사 · 영업으로 고객과의 거리를 한 단계 좁힘으로써 뉴스의 판매촉진과, 구독편수를 비약적으로 증

가시킨다. 이것은 일간지의 가치를 높이고, 시너지
효과를 발생시킨다.

● **주요 포인트는 다음과 같다(별첨자료 참조)**
　① 고객에게 가치가 있고 활용할 수 있으며 읽으면 돈
　　이 되는 특징을 갖는 정보지
　② 지면 내용을 더 강화하여 단행본으로 팔릴 수 있는
　　내용으로 한다.
　③ 외부 브레인을 적극적으로 활용
　④ 고객이 원하는 편집으로 전환(상관관계 플로우차트
　　참조)
　　NEWS 각 페이지의 필수항목을 서두에 두어 빠르
　　게 파악할 수 있도록 한다.
　⑤ 구체적인 컨텐츠(국민정보지 2 패턴 참조)

● **각 페이지 내용에 관하여(목차)**
　① ○○○
　② ○○○
　③ ○○○
　④ ○○○
　⑤ ○○○

한 장으로 정리하라

앞에서 예로 든 제안서는 표지에 이어 15쪽의 상세한 설명을 읽지 않는 한 전체적인 내용을 파악할 수 없다. 바꾸어 말하면 이 업무문은 마지막까지 읽어야 한다고 읽는 사람에게 강요하고 있는 것이다. 비즈니스맨들은 모두 바쁘다. 한 장만 읽어도 내용을 알 수 있게 쓰지 않으면 읽어 보지도 않을 것이다. 그러면 어떻게 해야 할까? 답은 결론부터 쓰는 것이다. 취지, 목적, 효과 등 포인트를 한 장으로 써 보라. 그러면, 아! 이런 제안을 하는구나, 라고 읽는 사람이 바로 알 수 있다.

그러면 상세한 제안서는 어떻게 해야 할까? 번호를 붙여서, 이 책과 같은 단행본처럼, 목차를 정리하는 것이다. 그러면 읽는 사람은 관심이 있는 쪽을 펼쳐볼 것이고, 여러분이 프리젠테이션을 할 때에도 "○○쪽을 참조해 주세요", "○○쪽에 기록된 바와 같이"라고 말하면서 설명해 나갈 수 있다.

포인트는 읽는 사람이 가장 알기 쉬운 종이 한 장, 즉 표지로 정리하는 것이다. 물론 표지는 〈제안서〉, 〈일자〉, 〈발신자명〉만 기재하고, 실질적으로는 두 번째 쪽부터 시작해도 무방하다. 어쨌든 한 장으로 정리하면, 읽는 사람은 그것을 보고 전체를 파악할 수 있다. 그리고 관심 있는 부분에 관해서는 뒤쪽에서 상세히 설명하면 된다. 우선 전체를 조감하고 그 뒷장으로 옮겨가는 식으로 마무리하면 상대방이 훨씬 이해하기 쉽다.

윈스턴 처칠은 "한 페이지는 읽어 주겠지만 그 이상은 비서에게 말해 쓰레기통에 버린다"고 말했는데, 이는 다른 사람도 마찬가지다. 바쁘면 바쁠수록 한 장으로 모든 것을 파악하고 싶어 한다.

뒷장에서 업무문을 쓸 때의 기술을 상세히 소개하겠지만, 한 장으로 정리하는 방법은 다음 과정으로 생각해 보면 누구나 쉽게 알 수 있다.

포인트를 한 장으로 정리하는 방법

① 써야 할 내용을 박스형태로 열거한다.

바로 쓰지 않고 우선, 어떠한 정보를 실을 것인가? 라는 항목을 분명히 한다. 그렇게 하면 중요한 것을 잊어버리고 쓰지 않는 경우는 없고, 중복도 없다. 무엇보다도 여러분 자신의 머릿속에 항목마다의 상호관계가 명확해진다.

② 그것들을 우선순위에 따라 정리한다.

가장 중요한 정보를 앞에 가져온다. 다섯 가지 핵심항목이 있다면 다섯 번째에 기재된 핵심항목은 별로 인상에 남지 않는다. 가장 중요한 것은 첫 번째에 있는 것이라고 생각한다. 그런 기대에 부응해야 한다. 우선순위가 명확하게 되면 단순히 항목을 열거하는 것이 아니라 카테고리별로 분류하는 것도 가능하다.(이것은 제4장에서 구체적으로 논한다)

③ 결론 한 가지에 이유 세 가지 정도로 압축한다.

이것저것 쓰고 싶어 하는 기분은 알겠지만, 처칠의 경우처럼 버려진다면 참을 수 없지 않은가? 아무리 머리가 좋은 사람이라도 이것저것 꺼내어 놓으면 소화불량이 된다. 따라서 결론 한 가지에 이유는 세 가지 정도로 압축하자.

④ **써야 할 것만 쓴다.**

불필요한 것은 쓰지 않는다. 써야 할 정보만 쓴다.

⑤ **생략하는 기술을 익힌다.**

한 장으로 정리하는 요령은 무엇을 쓰지 않을까, 무엇을 생략할 것인가로 결정된다.

한 장의 기획서로 **신규사업** 시작

산더미 같은 자료 속에서 적어도 '이것이 핵심이다'라고 생각하는 요점들을 정리해서 제안한다. 이것이 친절이고 배려다.

나는 스물아홉 살 때 신규사업을 제안한 적이 있는데, 이때도 B4용지 단 한 장으로 정리했다(무엇보다도 한 장으로 정리하는 것은 학생시절부터 철저히 했다). 실제로는 B5로도 충분했지만 글자크기를 크게 하는 것이 나이 드신 분들에게 나을 것 같아서 B4로 했다.

본래 신규사업에 대한 OK 사인은 직감으로 결정한다. 시대를 읽는다는 것은 그런 것이다. 그러나 그렇게 해서는 자금이 내려오지 않는다. 하물며 횡설수설하는 임원을 상대로 진심을 포함한 설명을 하지 않으면, 도저히 자기가 하고 싶은 것들을 실현할 수 없다. 그래서 과학적이고 객관적으로 설명이 될 수 있도록 자료 및 데이터를 방대하게 준비하였다.

그렇다고 해서 "이렇게 자료를 만들었으니 읽어 주시고 질문이 있으시면 무엇이든 답변하겠습니다"라고 해서는 곤란하다. 제안을 하는 사람은 머릿속에 모두 들어 있기 때문에 언제라도 설명이 가능하겠지만, 상대방은 처음 듣는 내용이고, 정보가 부족(많은 경우에는 공부 부족이지만)하기도 한 상태다. 이 정보 차이를 메우고 서로 양보하여 의견을 모으기 위해서는 '핵심은 알겠다' 정도는 돼야

이야기가 통한다. 산더미 같은 자료 속에서 적어도 '이것이 핵심이다', '이것만은 강조하고 싶다' 라고 생각하는 요점이 있을 것이다. 그것들을 정리해서 제안한다. 이것이 친절이고 배려다.

이 프리젠테이션은 십수 년 전의 것인데, 결론은 정보가 중요하다는 것이었다. 이유는 다음 세 가지였다.
① 정보화사회인 점
② 정보만이 부가가치가 있음을 사람들이 인식하기 시작했다는 점
③ 부가가치가 있는 정보가 우리 회사에 잠재적으로 갖추어져 있다는 점

그리고 왜 지금 우리 회사가 이 신규사업에 임하지 않으면 안 되는가, 라는 대의명분(의의 부여)에 관해 다음과 같이 세 가지 이유를 들었다.
① 경영기반의 안정화와 반석화
② 고객만족감의 종합적 프로듀서와 공감의 네트워크 만들기 전개
③ 사내 소프트웨어의 정보 집약화, 일원화와 그 상품화

매우 추상적인 단어지만 이것들을 핵심으로 하여 기획서에 명기하고, 20분이라는 제한된 시간 내에 구체적으로 프리젠테이션에 성공했다.

이래서 **여러분**의 업무문은 언제나 **기각**되는 것이다

업무문을 보고 있으면, 도대체 말하고 싶은 게 뭔지 이해가 안 되고, 임펙트도 약해서 몇 번을 제안해도 언제나 기각되는 경우가 적지 않다. 앞에 소개한 모 인쇄회사의 제안서 등은 좀 심한 것이다.

이것이 나중에, 진정한 고객과의 밀접한 관계(협업화 · 공동창조의 서비스 제공)가 원활하게 되고, 나아가 내일의 리더 육성, 산업 시프트프로젝트 등 참된 가치를 공동창조할 수 있는 네트워크 구축으로 진화시켜 세계에 영향력이 있는 조직으로 발전시킬 것을 바라마지 않습니다.

제안자의 주장을 대략적으로는 알겠지만, 문제점을 지적하자면 다음과 같다.

① 진정한 고객이라고 하는데 허위의 고객도 있는가?
② 고객과의 관계 만들기가 어떻게 리더 육성으로, 또 산업 시프트프로젝트로 연결되는 것인가?
③ 참된 가치를 공동창조할 수 있는 네트워크라는 말의 주어는 무엇인가?

④ 세계에 영향력 있는 조직으로 발전시킬 것을 바라고
　있는 것은 어디인가?
⑤ 협업화 · 공동창조의 서비스 제공은 무엇을 말하는가?

　거우 몇 줄을 읽었을 뿐이지만 이 정도의 의문이 제기된다. 쓰는 사람만이 다른 사람들이 충분히 알고 있을 것으로 생각하고 있을 뿐, 읽는 사람은 완전히 배제되어 있다. 이래서는 읽는 사람에게 받아들여질 수가 없다. 문장은 내용이 전부이며 읽는 사람에게 쉽게 전달되는 내용이라야 한다.

　수많은 업무문을 보고 나서, 알기 어려운 문장, 채택되지 않는 문장에는 어떠한 공통점이 있을까 생각해 보았다. 도대체 이게 뭘까? 라고 의문이 느껴지는 업무문을 수년 동안 지켜본 결과, 다음 다섯 가지 공통점을 발견하였다. 이런 것들은 특히 주의해야 한다.

　알기 어려운 업무문의 공통점은 다음과 같다.

① 문장이 길다.
② 주어와 술어의 관계가 불분명하다.
③ 문장이 꼬여 있다(문맥이 부드럽게 이어지지 않는다).
④ 문장 전체의 구성에 배려가 부족하다.
⑤ 외래어나 전문용어를 많이 사용한다.

그렇다면 어떻게 해야 할까? 이해하기 어려운 문장을 알기 쉽게 고치는 방법은 다음과 같다.

❶ 긴 문장은 될 수 있는 한 나누어 쓴다.

"이 소 한 마리 먹어 봅시다"라고 말하면 사람들은 대부분 뚱딴지같다고 할 것이다. 하지만 이것을 잘게 썰어 스테이크로 만들면 아무렇지 않게 먹을 수 있다(물론, 한 번에 먹을 수는 없지만). 알기 쉬운 문장도 이와 마찬가지다. 길고 볼륨이 있는 문장이 아니라 짧고 밀도가 높은 문장이다. 상대를 이해시키려고 생각하는 것이 아니라, 이해하기 쉽도록 연출하는 것이다.

예를 들어 다음 업무문(1.출장보고서 2.메모전달)을 비교했을 때 어느 쪽이 쉽게 이해가 되는가?

(1) 출장보고서

O월 O일부터 10일간, 신상품 세일즈를 위해 큐슈를 방문하였다. 우선 첫날은 후쿠오카에 가서 오전에는 텐진지구의 거래처를 중심으로 방문하였고, 반응도 좋았으며 순조로운 출발이었다. 특히 OO회사 OOO사장은 일 이외에도 지역상공회의소 소속회사 20개를 소개해 주었다. 이어 사가, 나가사키를 방문했고……

우의 실패사례는 업무문이 아니다. 이것은 구두로 설명할 것을 그대로 문자로 표현한 것에 불과하다. 정확하게 읽으면 알 수도 있고, 뜻하는 대로 섬세한 뉘앙스가 전해질 수도 있지만 이렇게 하면 시간이 많이 걸린다.

업무문은 개선사례와 같이 어디까지나 읽는 사람의 시간을 빼앗지 않고 쉽게 이해할 수 있도록 포인트를 강조한 보고서로 해야 한다. 따라서 박스형태로 쓰는 것이 좋다. 이 업무문을 상사에게 보여 주고 구두로 설명하거나, 상사의 질문에 답하는 것이 스마트한 방법이다. 물론 구두로 설명할 시간을 허용하지 않을지도 모르지만 상사에게 보여 주기만 한다면 그 보고서만으로도 상황을 바로 파악하게 할 수 있다는 점이 중요하다.

큐슈지구 출장보고서

① 방문기간 : O월 O일부터 10일간

② 목적(용건): 신상품 세일즈

③ 동행자　　: 없음

④ 상황보고

　　▶ 후쿠오카 지구(O월 O일 ~ O일)

　　O월 O일

　　AM --- 5개사 방문(계약체결 O%)

　　PM --- 5개사 방문(계약체결 O%)

　　이후 과제……

　　기타 : OO회사　OOO사장으로부터　지역상공

　　　　　회의소 회사 소개 받음

(이하 각 지역마다 같은 방법으로 정리한다)

(2) 메모전달

☹ 실패사례

아침 일찍 OOO부장으로부터 XX물산의 견적에 관하여 어떻게 해야 하는지 OOO과장 앞으로 전화가 왔었습니다. 이 건에 관하여 돌아오시면, 긴급히 전화를 달라고 합니다. ─2과 김개동

☺ 개선사례

수신 : OOO과장

용건 : OOO부장으로부터 전화 왔음

내용 : XX물산의 견적에 관해

회신 : 필요함

받은 사람 : 2과 김개동 O월 O일 오전 9시

둘 다 내용은 같지만 구조가 다르다.

실패사례는 상대에게 그대로 구두로 전달할 내용을 문장으로 바꾸었을 뿐이고, 개선사례는 회화가 아니라 완전한 둔장이다. 거기에다가 박스형태이면서 정보가 잘 정리되어 있다. 따라서 이해하기가 쉽다.

상사가 보고서만 보고도 상황을 바로 파악할 수 있도록 포인트를 강조하는 보고서를 만들어야 한다.

❷ 가능하면 주어를 생략하지 않고 명시한다.

『설국(雪國)』, 『이즈의 무희』 등의 작품으로 알려진 가와바타 야스나리(1968년 노벨문학상 수상작가)가 스웨덴에서 수상기념 강연을 했는데, 주제는 '아름다운 일본의 나'였다.

'아름다운 일본의 나'는 단문이라서 누구나 쉽게 이해할 수 있고, 이 의미를 잘 모르는 사람은 없을 것이다. 그러나 만약 백 명에게 묻는다면 한두 사람쯤은 모를지도 모른다. 무엇을? 어떻게?

(1) 내가 아름다운 것인가? 일본이 아름다운 것인가?

1. '아름다운 일본'의 나
2. 아름다운 '일본의 나'

일반적으로 2로 이해하는 사람은 없으리라 생각하지만, 만약 강연한 사람이 마츠시마 나나코나 후지와라 노리카(미모를 자랑하는 일본여배우들)라면 어땠을까? 그분들의 강연 주제가 '아름다운 일본의 나'였다면? 아마 백 명 중 99명이 2번의 아름다운 '일본의 나'로 이해하지 않을까?

긴 문장도 문제다. 1행, 2행, 3행 계속 길게 이어지는 문장은 주어·술어가 마구 섞여서 어느 주어와 어느 술어가

문장이 너무 길면 주어·술어가 마구 섞여서 횡설수설하는 것처럼 느껴질 수 있다.

대응하고 있는지, 어디가 어떻게 관계되는지 확실히 알 수 없는 경우도 나온다. 그러면 횡설수설하는 것처럼 느껴지고, 이게 뭐야?라며 중도에 읽기를 포기해 버린다. 이런 경우는 업무문에서도 종종 발생하므로 조심해야 한다.

다른 예를 들어 보겠다. 다음 업무문(클레임에 대한 회신)을 읽고 여러분은 쉽게 이해가 되는가?

(2) 클레임에 대한 반론

☹ 실패사례

(전략)

죄송합니다.

지난 O월 O일 부로 납품한 OO제품의 파손과 관련된 손해배상청구에 대해 회신을 드립니다. 이 건에 관하여 조사해 본 바 제품은 운송 중에 파손된 것으로 판명되었습니다.

(중략)

손해에 관해서는 매우 안타까운 일이지만, 책임소재는 운송회사(소재지: OOO 전화: OOO)에게 있는 것으로 판단되므로 당연히 손해배상청구는 그 운송회사에 해야 할 것입니다.

끝

이런 경우는 클레임(정확하게는 컴플레인)을 제기한 고객과 손해배상을 청구 받은 회사, 그리고 실제로 제품을 파손한 운송회사의 관계가 애매하기 때문에 각자 상황이 자기에게 유리하도록 마음대로 해석할 여지가 있다.

다음 개선사례와 같이 주어와 술어를 생략하지 않고 명확하게 해서 각자가 틀리지 않게(특히 클레임 당사자 본인) 이해할 수 있도록 해야 한다.

'생략의 미' 라는 말도 있지만, 주어와 술어를 의식적으로 명확히 해서 정확한 문장이 되도록 해야 한다. 업무문에서는 특히 그렇게 하는 것이 필요하다. 또, '…라고 생각되어진다.' 는 수동형 문장을 흔히 볼 수 있는데, 일반적으로 널리 받아들여지고 있는 것으로 생각하지만 실제로는 본인 혼자서 그렇게 생각하고 있음에 불과한 경우가 적지 않다. '모두가 말하고 있다' 는 말과 다를 바 없는 표현이다. 모두라는 것이 누구라는 말인가? 실제로는 본인밖에 없는 것이다.

(전략)

죄송합니다.

지난 O월 O일 부로 납품한 OO제품의 파손과 관련해서 귀하께서 당사에 청구한 손해배상청구 건에 관하여 여기에 회신을 드립니다.

이 건에 관해 귀하로부터 고충이 알려졌을 때, 당사(담당 OOO)가 엄밀하게 조사해본 바 그 제품은 운송 중에 파손, 즉 원인이 운송업자 OO회사 직원의 취급부주의에 의한 것으로 판명되었습니다.

(중략)

귀하의 손해에 관해서는 매우 안타까운 일이지만 책임은 운송회사(소재지: OOO 전화: OOO)에 있으므로, 손해배상청구는 당연히 그 운송회사 OO에 해야 할 것입니다.

끝

❸ 문장이 꼬여 있는 관계를 해소하라.

문장이 쉽게 머리에 들어오지 않는 이유는 앞문장이 뒷문장과 연결되어 있지 않은 것을 들 수 있다. 문장이 각각 독립적으로 상호관련하고 있지 않기 때문이다. 다음 두 가지 경우를 구체적인 예로써 생각해 보자.

(1) 아파트 건설 제안서

☹ 실패사례

요즘 경제상황에서는 디플레이션이 이미 한계에 다다르고 있고, 이후 아파트도 저가건물에서 단독주택 못지않은 호화 내장의 건물이 잘 팔리게 되어, 일반건물을 반값으로 제공할 수 있는 아파트 건설을 당사는 실현해 나갈 것이다.

이 문장은 하나하나가 부드럽게 연결되어 있지 않다.

1 요즘 경제상황에서는 디플레이션이 이미 한계에 다다르고 있고

2 이후 아파트도 저가건물에서 단독주택 못지않은 호화 내장의 건물이 잘 팔리게 되어,

3 일반건물을 반값으로 제공할 수 있는 아파트 건설을

당사는 실현해 나갈 것이다.

　이처럼 세 가지 종류의 의견이 나와 있는데, 각각의 문장이 기능적으로 연결되어 있지 않기 때문에 읽고 나서도, 과연 그런가? 라는 의문이 든다. 그래서, 그래서, 라고 다음 문장으로 쉽게 옮겨가기 힘들다. 이래서는 납득할 수 있는 업무문이라고 말할 수 없다.

　그러면 어떻게 해야 할까?
　다음과 같이 변경하면 어떨까? (괄호 안은 보충설명)

☺ 개선사례

　요즘 경제상황을 보고 있으면 디플레이션은 이미 한계에 다다랐음을 데이터만 보아도 알 수 있습니다. 금후 아파트 업계에서도 (디플레이션 하에서는 붐이었던) 저가건물보다 (이제부터 다가올 인플레이션 시대에는) 단독주택 못지않은 호화내장 건물이 잘 팔릴 것입니다. (그것만으로) 일반건물을 반값 정도의 할인가격으로 제공할 수 있는 아파트 건설을 당사는 실현해 나갈 것입니다.

또 한 가지, 문맥이 부드럽게 연결되지 않을 때 주목해야 할 것은 문장이 꼬이는 것이다. 주어에 대응하는 술어가 없다. 이런 표현은 주의해야 한다. 특히 꼬이는 문장을 귀찮게 여기는 사람은 비교적 머리회전이 빠른 비즈니스맨들이다.

예를 들어 다음 문장을 보자.

(2) 바겐세일 초대장

(전략) 당사는 여러분들 덕분에 이번 1월에 10주년을 맞이하게 되었습니다. 여러분들의 지원에 진심으로 감사드리며 여러분들에게 평소의 사랑에 대한 보답의 의미로 오는 O월 O일부터 일주일간 특별사은세일로 전 품목 30% 할인 바겐세일을 개최하고자 합니다. 부디 저희 매장에 방문해 주시기를 부탁드립니다. (후략)

이 문장을 잘 읽어 보면 '여러분'을 받아주는 말이 없다. 여러분을 초대하고 싶다는 것인지, 여러분만 할인한다는 것인지 애매하다. 여러분이라는 세 글자가 있어, 오히려 이것만이 두드러진다.

그래서 다음 개선사례에서는 이 '여러분' 이라는 세 글자를 삭제해 버렸다. 그럼 어떨까?

(전략)

당사는 여러분들 덕분에 이번 1월에 10주년을 맞이하게 되었습니다.

여러분들의 지원에 진심으로 감사드립니다.

이에 대해, 평소의 사랑에 대한 보답으로, 오는 ○월 ○일부터 일주일간, 특별사은세일로, 전 품목 30% 할인 바겐세일을 개최하고자 합니다.

부디, 저희 매장에 방문해 주시기를 부탁드립니다.

(후략)

이 쪽이 훨씬 쉽게 이해할 수 있다. 그래도 굳이 여러분이라는 말을 살리고 싶다면 다음과 같이 바꾸어도 좋다.

(전략)

당사는 여러분들 덕분에 이번 1월에 10주년을 맞이하게 되었습니다.

여러분들의 지원에 진심으로 감사드립니다. 평소의 사랑에 대한 보답으로, 오는 O월 O일부터 일주일간, 특별사은세일로, 전 품목 30% 할인 바겐세일에 여러분을 초대하고자 합니다. (후략)

❹ 전체 구성을 보라.

이것은 문장을 내용뿐만 아니라 하나의 디자인으로서 생각하는 것이다. 글자의 크기, 간격, 여백 등 최고의 문장을 만드는 것은 하나의 요소로만 되는 것은 아니다.

워드프로세서나 컴퓨터가 지금처럼 일상적으로 사용되는 것만큼, 폰트를 바꾸는 일도 일상화되어 있다. 나도 매일 컴퓨터로 일을 하는데, 나 스스로 보기 편하게, 또 다른 사람이 알기 쉽게 폰트를 바꾼다. 여러분들도 연하장이나 감사카드를 만들 때, 부분적으로 폰트를 바꿔 보기 좋은 문장을 만들 것이다. 그와 같은 일을 업무문에서도 해야 한다.

일반적으로 폰트를 바꾸는 것의 장점은 다음과 같다.

① 문장의 포인트를 확실히 할 수 있다.
② 강조할 것을 강조할 수 있다.
③ 문장의 친자관계, 형제관계가 명확하게 된다.
④ 문장 전체의 구성을 아름답게 한다.
⑤ 비주얼 레이아웃이 보기 좋게 된다.

구체적인 사례로 다음 〈하기여행안내〉를 소개한다.
만약 이것이 폰트가 모두 같다면 어떨까? 단조로워서 임팩트가 결여되지는 않을까? 보고서나 리포트, 품의서라는

비교적 딱딱한 문장이라면 어쩔 수 없지만, 간담회, 환송
회, 환영회, 볼링대회 같은 사내 이벤트에서는 폰트를 자
유자재로 구사하여 조금 여유 있는 요소를 넣는 편이 좋
다. 특히 이런 문서에는 귀여운 일러스트를 삽입하는 등,
여성적 취향의 디자인, 레이아웃을 연구해야 한다. 그러지
않으면 뚜껑을 열었을 때 우두머리들만 모여 있는 비극(희
극?)이 될 수도 있으므로 조심할 일이다.

　또 글자가 가득 차서 숨이 막힐 것 같은 레이아웃은 피
해야 한다. 여백을 가득 넣어 주어야 한다. 결국 전체적으
로 하얗게 보이게 하는 것이 보기 쉬운 업무문을 만드는
비결이다.

조합원여러분

OO회사노동조합
여행실행위원회

♠ 하기친목여행안내 ♠

조합원의 친목과 간담회를 겸해 아래와 같이 OO년도 하기여행이 결정되었습니다. 여러분 모두 참가해 주시기 바랍니다.

아래

① **날짜** : 8월 5일(토) ~ 6일(일)

② **장소** : 부산

③ **숙박** : OO호텔

    주소

    전화

    e-mail

④ **일정**

  ＊5일 오후 2시 서울역 집합. KTX OO호로 출발.

  부산역 도착 O시 O분

  ＊6일 오후 4시, 부산역에서 KTX OO호로 출발.

서울역 도착 O시 예정.

서울역에서 해산

⑤ 비고

참가유무, 대금납부 등 상세한 사항은 이후 소식지와 메일로 안내합니다. 그 외 궁금하신 사항은 각 직장의 조합장에게 문의해 주세요.

끝

'베스트셀러는 하얀 문장' 이라는 원칙이 있다. 문장공학 전문가에게 들으니, 문장을 작품으로서가 아닌 표면, 즉 지면을 보고 한자 · 히라가나 · 가타가나의 비율을 계산하면, 베스트셀러는 문장 중 한자의 점유율이 약 30%밖에 안 된다는 통계결과가 있다고 한다. 한자가 30%밖에 되지 않는 책을 펼쳐 보면 하얗게 보인다는 것이다. 따라서 베스트셀러는 하얀색이다.

이것도 읽는 사람의 편의를 고려하는 것이다. 상대방이 바쁜 비즈니스맨일 경우 읽기 쉽다는 느낌을 받는지 여부는 매상에 큰 영향을 준다.

❺ 외래어, 전문용어를 많이 사용하지 마라.

우선 다음 예문을 보자.

　당사는 IT 코디네이터(중개자)와 짝을 이루어 아래와 같은 밸류 체인(가치의 연쇄)을 실현한다. CS(고객만족)의 버전업(연마)에 직결하는 온 디멘더(즉시 실행형)의 레스폰스(회답). 다양한 비즈니스 콘텐츠(업무내용)를 디지털화(이것은 이대로)하여, 타이머리(언제라도)에 악세스(연결) 가능한 시스템(구조)으로 한다.

어떤가? 여러분은 이 문서를 어떻게 읽었는가? 나중에 담당자에게 물어본 바에 따르면 이 문장을 처음 읽은 고객들 반응은 다음과 같았다고 한다.

"그렇군요. 잘은 모르겠지만 뭔가 멋진 것이 쓰여 있는 것 같네요. 근데, 어려운 말을 많이 알고 있군요. 나는 공부가 부족해서 도무지……."

이것은 겸손이 아니라 완전히 빈정거리는 것이다. 말을 들은 본인은 칭찬받고 있다고 생각하고 의기양양할 수도 있겠지만 말이다. 물론 괄호 안은 우리말로 번역한 것이다. '프리젠테이션' 이라는 말과 같이 널리 쓰이고, 정착된 것이라면 그나마 괜찮다. 그러나 그중에는 쓰고 있는 본인도 잘 모르면서 막연한 느낌으로 사용하고는 있지만 정확한 의미도 모른 채, 물론 단어에 대한 정의도 할 수 없는 경우가 적지 않다.

사실 이 문장은 앞에서 소개한 모 인쇄회사의 프리젠테이션 자료에서 발췌한 것이다. 나는 이 문서를 실패사례의 보물창고로서 높이 평가한다. 외래어, 전문용어도 엄청 많이 나온다. 참으로 장래가 걱정스럽다(물론 실제 프리젠테이션 자료는 발표 전에 철저히 고쳤다).

프리젠테이션의 경우도 마찬가지이지만 일반적인 업무 문에서도 과도한 외래어, 사내나 업계 내에서만 통용되는 전문용어, 관용어 등은 피해야 한다.

이전에 〈빅카메라〉라는 전문양판점을 취재하여 책 한 권을 정리한 적이 있다(『빅카메라-일본에서 가장 활기 있는 회사 사장이 매일 사원들에게 이야기하는 것』). 약 1년에 걸쳐 취재한 것이었는데 그동안 사장, 임원, 점장 급의 입에서 나오는 단어 중에서 가장 많은 것이 '변화율' 이라는 말이었다.

"변화율? 그것이 왜?"

이 회사에서는 '변화율' 이라는 말을 고객의 기대를 좋은 의미에서 뒤집는다는 뜻으로 사용하고 있었다. 그것이 고객을 놀라게 하고, 감동시키고, 그리고 충성고객으로 만드는 비결이라고 지도하고 있는 것이다. 반년이 지나자 나 자신도 "그것은 변화율의 문제지요"라고 아무런 의문도 없이 사용하고 있었다. 습관이란 무서운 것이다. 무엇이 말하고 싶을 때 내가 알고 있는 전문용어가 우리 회사에서는 통용되고 있다 하더라도 다른 회사에서는 통용되지 않는 경우가 많다. 그것을 의기양양하게 사용하고 있었다면 상대에게 여러분의 메시지는 전달되지 않고 있었다는 이야기다.

"조금 전부터 여쭈어 보고 싶었는데, 하나 이해할 수 없는 것이 있습니다."

"예, 뭐죠?"

"그 ○○이라는 단어는 무슨 뜻입니까?"

이래서는 안 된다.

성장하는 회사는 지금까지 알기 쉬운 표현을 철저히 하고 있다

잘 생각해 보면 전문용어든, 외래어(프리젠테이션도 대표적인 외래어)든 독선적이라는 것에 주의해야 한다. 대표적인 외래어를 들자면 다음과 같은 것들이 있다.

네이밍(이름을 붙이다), 업데이트(갱신하다), 사업 도메인(영역), 액션(행동), 오퍼레이션(작업), 워킹스타일(일하는 방법), 세그먼테이션(반복), 마켓리서치(시장조사), 크리에이티브(창조적), 알터너티브(양자택일의) 등등. 더 많지만 이 정도로 해 두자. 이런 단어들은 마케팅 용어이기도 하고 경영 용어이기도 하다. MBA라면 모두 상식 범위에 있는 단어들이다. 그러나 아직 모르는 비즈니스맨도 많다.

그것을 공부 부족으로 넘길 정도로 일이 단순하지는 않다. 전문용어, 외래어를 연발한 업무문에 대해 읽는 사람은 호감을 가지고 읽어 줄까? 어떨까? 더욱이 그보다 매끈하게 이해해 줄까? 어떨까? 매우 의문이다.

참고로 앞에 소개한 〈빅카메라〉에서는 사장의 방침으로 외래어, 특히 영어는 될 수 있으면 사용하지 않는다. 가능하면 우리말로 하고, 게다가 쉬운 표기를 철저히 지키고 있다. 이 회사의 고객은 남녀노소 계층이 다양해서 누구나 쉽게 알 수 있는 표기를 해야 한다는 것이다.

예를 들면 매장 안 POP도 〈플래시 스타트〉가 아니라 〈신생활 축하 판매〉라고 표기하고, 〈건전지 15P(피스)〉가 아니라 〈건전지 15개들이〉로, 〈OPEN세일〉이 아니라 〈오픈세일〉로 표시한다. 자기만 알아서는 안 된다는 강렬한 메시지가 아닐까?

이러한 생각은 '성공하는 글쓰기'에서는 필수적이다. 자기만 알면 된다는 생각은 '실패하는 글쓰기'에 다름 아니다. '성공하는 글쓰기'는 상대에게 잘 전달되어야만 역할을 다했다고 할 수 있다.

제2장

누구라도 쓸 수 있다!

: 설득력 있는 문장 만드는 〈여섯 가지 법칙〉

사랑과 성의가 있으면
사람에게 전달되는 문장을
쓸 수 있다.

10 이 메시지는 어떻게 해서 설득력이 있는가?

여기에서는 구체적으로 두 가지 예를 들어 보고, 그 분석을 통해 설득력 있는 업무문 쓰는 법을 공부하기로 한다.

우선 첫 번째는 언젠가 신문을 볼 때 눈에 들어온 글이다. 모 레저시설에서 판매되고 있었던 상품에 관한 사과문 공고다. 사과문 공고 따위는 그다지 쓸 일이 없을 것이다. 그러나 좀더 깊이 생각해 보면, 단 하나의 문장으로 기업태도가 근본부터 불신당할 수 있을 만큼 중요한 업무문이 사과문이다.

일반적으로 사과문은 아무렇지 않게 조용히 게재하는 것이 보통이다. 연달아 결함제품을 만들었던 모 자동차회사 사과문 공고 등은 읽어봐도 그 문장을 이해할 수 없고, 무엇보다도 깨알 같은 글자로 가득 차 있다. 이래서는 읽을 수도 없을 뿐만 아니라 읽으려는 사람도 없다. 그런 사과문의 목적은 일단 공고는 하지만 읽지 않았으면 하는 것이다. 그래서 그렇게 읽기 어렵게 만든다. 베스트셀러는 하얀 문장이라는 원칙에 역행하고 있는 것이다.

사과문과 공지

평소 ○○리조트 상품을 애용해 주서서 진심으로 감사드립니다.

이번에 주식회사 △△가 제조하고, 주식회사 ○○이 상품시설에서 판매한 XX에 있어서, 알레르기 물질로 표시가 의무화되어 있는 소맥분을 포함한 제품임에도 불구하고 그 표시가 누락되었음을 알고, 제품을 회수하게 되었습니다.

이와 관련해서 고객 여러분이 해당 제품을 가지고 계신다면 수고스럽지만 포장용기(스틸캔)와 함께 제품을 아래 주소로 수신자부담으로 하여 보내주시기 바랍니다. 이후 제품대금을 보내드리도록 하겠습니다.

차후 이러한 사태가 재발하지 않도록 관리체제를 한층 강화해 나가도록 노력하겠습니다. 고객 여러분에게 큰 불편을 드린 점 깊이 사과드리며, 제품회수에 이해와 협력을 다시 한번 부탁드립니다.

2007년 ○월 ○일

주식회사 △△

주식회사 ○○

아래

회수대상 제품에 대하여

제품명   : XX

판매가격   : 세금포함   원(본체   원)

표시누락 내용 : 원재료명 표시에 있어 소맥분의 표시가
                누락되어 있습니다.

특징   : ○○캐릭터와 함께 ○○ 명칭 로고와 호
                텔외관이 디자인된 세로 22센티미터,
                가로 18센티미터, 깊이 5센티미터의 스
                틸캔에, 두 종류의 쿠키 9개, 초콜릿 넛
                츠 쿠키 12개가 들어있습니다.

판매매장   : ○○ 내의 제품시설

판매개시일   : 2007년 0월 0일

판매원   : 주식회사 ○○

제조원   : △△공장(○○도 ○○시)

문의 및 송부처 : ○○도 ○○시 주식회사 ○○
                제품고객센터, 전화 ○○○-○○○○
                (오전 9시부터 오후 10시까지)

※송부하실 때에는 고객명, 주소, 전화번호를 반드시 기재해 주시기
바랍니다. 또한 홈페이지에 제품의 사진을 게재하고 설명을 하고 있
습니다.

　그러나 여기 소개한 사과문에는 기업의 성의가 잘 나타나 있다. 신문 공고도 독자가 반드시 확인하는 사회면 하단에 게재되어 있었다. 이런 사과문 공고를 쓸 수 있으면 클레임 대처 업무문은 물론이고, 영업 등의 제안서도 잘 쓸 수 있다. 왜냐하면 사과문 공고라는 것이 단순한 정보를 제공하는 문장은 아니기 때문에 필요한 것을 빠트리지 않고 성의를 담아서 쓰지 않으면 사람들의 마음에 스며들지 않는다.

　또 하나 예를 들 업무문은 촬영을 위한 기획안이다.
　이것은 원작자 본인이 정리한 기획서인데 초보자인 내가 읽어도 임펙트를 느낄 수 있다. 이 작품은 모 유명 감독이 각본을 금방 완성할 정도로 깊은 관심을 보이고 있으므로 어쨌든 촬영이 될 것으로 예상되는데, 이 기획서만 가지고도 충분히 탐낼 수 있지 않을까?

촬영을 위한 참조

① 취지

　여성의 사회진출은 이제 상식이 되었다. 정계, 재계, 관계는 물론이고 다방면에서 활동하는 여성이 날로 증가하고 있다. 일반적으로 30대, 미혼, 자녀가 없는 이 여성들은 단 한 번뿐인 인생을 야심차게, 적극적으로 살아가고 있다.(이하 생략)

② 스토리

　일류 생명보험회사 최고 판매여성이었던 저자는 퇴직을 하고, 엉뚱한 일로 출판업계로 전직했지만, 회사가 AV업계로 진출하고 나서 견딜 수가 없었다. 결국 감독이 되고, 데뷔작이 갑자기 대히트를 치고……(생략). 꿈을 꿀 수가 없는, 꿈을 꾸어도 용기가 없는 OL(Office Lady)이나 주부들에게 의지만 있으면 사람은 변할 수 있다는 메시지를 영화를 통하여 전달할 수 있다.

③ 테마 컨셉

　AV업계를 무대로 하며, 애정 문제는 없다. 여성의 자기실현이라는 사회적 테마를 주로 하고, 전국 3,500

만 명의 여성을 향해 자기실현·자기발견 메시지를
보낸다. 여성들끼리 또는 연인, 가족, 부모자식 간에
함께 감상할 수 있는 영화로 만든다. 웃음과 눈물이 넘
치는 오락작품은 젊은 여성을 중심으로 공감대를 넓
혀 갈 것이다.

④ 홍보 컨셉

텔레비전, 라디오, 신문, 잡지 등 매스컴 전략은 저
자와 스탭의 인맥을 총가동하여 접근한다는 것이다.
재미있고 독특한 기획이기 때문에 틀림없이 매스컴의
호평을 받을 것이다. 텔레비전이나 라디오 방송에서
다룰 것이고, 각 매체 방송도 적극적으로 움직일 것이
다.(이하 생략)

⑤ 홍보 캠페인

특히 〈여성의, 여성에 의한, 여성을 위한 영화〉라는
특징을 활용하고, 재계를 대표하는 여성 경영자들에
게 강하게 호소한다. 예를 들어, 경제단체연합회, 경제
동우회, 상공회의소(전국 3만 명의 여성경영자 네트워
크를 가짐) 등의 주요 인사에게는 취지를 설명하고, 공
감·찬성 그리고 구체적인 협력을 얻는다.

⑥ **영화제작 · 보급 · 상영에 대한 컨셉**

● 제작자금

영화제작 · 영업 · 보급 · 상영 경비 10억 원은 법인 · 기업 · 단체 · 개인들로부터 협찬금(한 구좌당 ○○만 원 이상) 및 출자금(10구좌 이상)을 모집한다. 제작협력권을 판매하는 등, 사전에 움직임을 일으킨다. 협찬자, 출자자에 대해서는 본 타이틀은 물론, 처음부터 모든 선전물에 이름을 명시한다.(이하 생략)

⑦ **제작형식**

형식 : 밀리, 칼라/비스타 사이즈

(후략)

이 두 가지 업무문이 설득력을 가지는 이유는 다음 다섯 가지 법칙이 포함되어 있는 문장이기 때문이다. 즉,

① 〈이것을 전달하고 싶다〉는 강력한 메시지성

② 〈누가 읽을 것인가〉라는 타겟의 명확성

③ 〈그래서, 그래서…〉라고 부드럽게 진행되는 구성 전개

④ 〈과연, 과연…〉이라고 신뢰할 수 있는 논리 전개

⑤ 〈아, 그랬구나!〉라고 무미건조한 숫자에 이미지를 주입한다.

어떤 부분이 그런지 구체적인 설명은 다음 단락에서 계속하겠다.

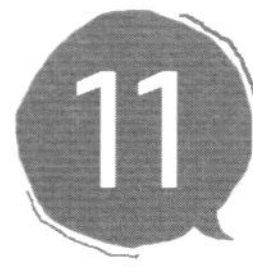

설득력 있는 문장을 쓰는 법

❶ 이것을 전달하고 싶다는 강력한 메시지성

– 업무문의 본질이 여기에 있다

문장의 본질은 메시지성이다. 문장을 쓸 때, 대체 무엇을 위해 쓰는가, 무엇을 전달하고 싶은가, 이 문장을 쓰는 목적은 무엇인가가 문장의 본질이다. 이것이 모두 메시지인 것이다. 메시지가 없는 업무문은 아무리 긴 문장이라도, 아무리 힘들게 썼더라도 단순한 잡문일 뿐이다. 굳이 업무문이 아니더라도 소설에서든 수필에서든 메시지는 생명이다.

메시지만 읽으면 그 문장의 본질을 파악할 수 있다. 소설의 경우 읽힐지 여부는 저자에게 50%, 독자에게 50%의 책임이 있지만, 업무문은 쓰는 사람에게 전적인 책임이 있다. 그래서 업무문은 때에 따라 메시지의 내용과 쓰는 방법이 달라져야 한다.

다시 말하면, 읽는 사람이 어린아이일 때는 그 아이에게 전달될 수 있도록 쓰는 방법을 연구해야 하고, 읽는 사람이 초보자일 때는 가능하면 전문용어는 피하고 누구나 알

메시지가 없는 업무문은 아무리 긴 문장이라도, 아무리 힘들게 썼더라도 단순한 잡문일 뿐이다.

 성공하는 글쓰기 전략

수 있는 단어로 전달하도록 노력해야 한다. 이 창의적인 연구·노력이 가능한가 여부가 핵심이다.

그럼 도대체 메시지란 무엇인가? 그것은 바로 여러분이 말하고 싶은 것, 전달하고 싶은 것이다. 예를 들어 〈사과문 공고〉에서 가장 전하고 싶은 메시지는 무엇인가? 두 가지 가 있다.

① 주의환기, 호소

우선 첫째는 알레르기를 일으킬 수 있는 제품을 구입한 고객에 대한 긴급고지이고, 주의환기와 호소다. 공고를 보면 "알레르기 물질로 표시가 의무화되어 있는 …… 그럼에도 불구하고 표시가 누락되어 있음을 알고 …… 제품을 회수 …… 당사 제품을 소지하고 계신다면 수신자 부담으로 우송해 주십시오"라는 메시지가 있다. 이것이 전달해야 할 최우선순위인 것이다.

② 신용회복

두 번째는 회사가 이후 관리태도를 명확하게 함으로써 신뢰를 회복하는 것이다. 다시 말하면 이 업무문은 관리태도를 제대로 갖추지 않아 누락이 있었다는 부끄러움을 나타내는 문장이었다. 이러한 것은 모 자동차회사처럼 누구라도 감추고 싶은 것이다. 그러나 이 정보를 공개하지 않으면 지장을 받을 구입자가 나올 가능성도 부인할 수 없다. 그렇게 되면 이처럼 부끄러운 말로 잘못을 공개하고,

막대한 광고비를 지출하는 것이 아무 소용이 없다. 그래서 회사의 향후 방침, 운영태도를 명확하게 하여 신뢰를 회복해야 한다.

따라서 이 사과문 공고에는 판매자로서 책임의무를 확실하게 하고, 신용을 회복하는 것, 이 두 가지가 메시지로 담겨 있는 것이다.

메시지가 애매하면 읽는 사람에게는 절대 전달되지 않는다

메시지가 애매하거나 뚜렷하지 않으면 상대방에게 의미가 잘 전달되지 않는다. 아무리 간단한 표현을 사용했다 하더라도 '대체 이 사람이 말하고 싶은 게 뭐야?' 라고 느끼는, 요점이 없는 문장이 되어 버린다. 그러나 전달하고 싶은 메시지가 명확하다면 비록 여기저기 화제가 흩어져 있어도 전달될 수 있다.

앞에 예를 든 〈촬영을 위한 참조〉는 여성의(원작), 여성에 의한(감독, 각본 이하 스탭 전원이 여성), 여성을 위한 자기실현 이야기라는 메시지가 있다.

원래 생명보험회사의 최고 영업여성이던 저자가 퇴사 후 가만히 있을 수가 없어 출판업계로 복귀했다. 그것도 보통사람들로서는 좀처럼 경험할 수 없는, 생각지도 않은 업계에 뛰어든 것이다. 거기서 하나둘 어려움을 반복해 가면서 성장한 여성으로서, 한사람의 인간으로서 자기실현을 달성해 간다는 점에서 캐리어우먼들부터 주부들까지 널리 공감하지 않을까 하는 메시지가 기획서에는 담겨 있다.

메시지를 명확하게 한다는 의미는 바꾸어 말하면 전달

해야 할 정보를 하나로 압축한다는 말이다. 업무문 하나에 많은 메시지를 담을수록 포인트는 애매해진다. 따라서 이 것저것 여러 가지 메시지를 넣어서는 안 된다. 흔히 간판에 초밥, 장어, 튀김, 햄버거라고 쓰여 있는 가게가 있는데, 이렇게 되면 이 상점에서 가장 맛있는 것이 무엇인지 알 수가 없다. 모든 것을 할 수 있다는 말은 결국 아무 것도 할 수 없다는 말과 같다.

이것만큼은 꼭 전달하고 싶다.

업무문(이 경우는 기획서이지만)에서는 도대체 무엇을 말하고 싶은지, 무엇을 전달하고 싶은지 핵심 하나만을 명확하게 하는 것이 좋다.

앞에 나온 〈사과문 공고〉에서도 중심이 되는 것은 구입자에 대한 주의환기다. 이것이 가장 중요한 것이고, 신용회복은 두 번째, 세 번째에 불과하다. 없어도 상관없다. 만약 이 메시지의 우선순위가 거꾸로 되어 있다면 변명이 많다고 역효과가 날 것이다.

중요한 것은 무엇을 가장 호소하고 싶은가, 무엇을 가장 전달하고 싶은가, 우선순위의 첫 번째가 무엇인가, 그것을 실제로 종이에 쓰기 전에 명확하게 해 두는 것이다.

❷ 〈누가 읽을 것인가〉라는 타겟을 명확하게 한다

– 타겟을 잃지 말라

업무문을 쓸 때 중요한 것은 이 문장을 대체 누가 읽을 것인가이다. 이것을 타겟팅이라 한다. 타겟팅이 명확하지 않은 문장은 효과적으로 상대에게 전달될 수 없다. 초등학생에게 극존칭으로 편지를 쓰면 100% 전달되지 않는다. 콧대 높은 사장님한테 낮춤말로 쓴 제안서를 보낸다면 출입금지는 확실하다. '사람을 보고 법을 말하라' 는 말이 있는데, 사람에 따라 문장을 바꾸는 것은 업무문에서 특히 중요하다. 타겟팅을 명확하게 하는 것, 즉 누구에게 읽힐 것인가는 굉장히 중요한 문제다.

앞서 소개한 두 가지 업무문(사과문 공고, 촬영을 위한 제안서)에 관하여 타겟팅을 생각해 보자.

우선 사과문 공고의 타겟은 물론 해당 제품을 구입한 고객들이다. 또 알레르기 물질로 표시가 의무화되어 있는 만큼, 당국(감독관청인 보건복지부)도 그 타겟이 될 수 있다. 그만큼 기업의 입장을 전달하기 위해 직접적이고 성실하게, 알기 쉽도록 호소하는 문장으로 쓰여 있다. 계속 결함을 숨겨서 문제를 크게 하는 기업의 사과문 공고와 비교하면 천지차이가 있고, 이 차이는 한눈에 알 수 있다. 어디서 판단할 수 있는지는, 몇 번이나 말했지만, 문장이 하얀색

인지 여부로 알 수 있다. 이 사과문 공고는 대충 훑어보는 것만으로도 희다고 느껴지지 않는가?

희게 보이는 이유는 다음 네 가지다.

1. **적당한 여백, 읽기 쉬운 레이아웃**
2. **박스형태로 쓰여 스마트하게 정리되어 있다.**
   상품명, 판매가격, 표시가 빠진 내용, 판매매장 등 읽는 사람이 명확하게 알 수 있다.
3. **단어가 평이하고 정중하고 무엇보다 구체적이다.**
   세로 22센티미터, 가로 18센티미터, 깊이 5센티미터, 9개들이, 12개들이 등 구체적으로 쓰여 있다.
4. **광고란도 여백이 많다.**

이처럼 쉽게 업무문을 쓰는 이유는 무엇일까? 한마디로 회사를 널리 알리려는 동기가 강하기 때문이다. 성의라고 해도 좋을 만큼 회사의 의지가 업무문 하나에 잘 나타난다. 이것은 기업의 사회적 의의를 잘 인식하고 있기 때문에 가능하다.

앞에 기술한 대로 이것이 모 자동차회사의 사과문 공고이거나 리콜 공고였다면 어땠을까. 현미경이 없으면 읽기 어려울 정도로 작은 글자, 적은 공간에 빽빽하게 들어있는 문자, 틀에 박힌 형태로 어려운 한자말이 이어지는 내용, 박스형태 쓰기 등은 생각도 하지 않는다. 이래서는 읽히고 싶지 않다는 메시지가 역력하다.

　문장이 희다는 것은 베스트셀러의 법칙이다. 사과문 공고로 베스트셀러가 나와도 어쩔 수 없지만, 이 법칙에 따르는 문장이야 말로 읽기 쉽고, 알기 쉽고, 그래야만 머리에 쉽게 들어온다. 그런 업무문을 써야 한다.

'이러한 장점이 있다' 라고 전달할 수 있는가?

촬영을 위한 기획제안서는 어떨까.

이 타겟은 영화를 보는 고객이 아니다. 우선 첫 번째는 영화에 투자하려는 스폰서(기업)이고, 두 번째는 영화제작회사·독립프로덕션이고, 세 번째는 배급회사이고, 이하 대형 광고대리점 등이 이어진다. 투자자를 타겟으로 하는 진의는 물론 영화제작에 필요한 자금을 모으기 위해서다. 이를 위해 업무문으로서 유의해야 할 점은 무엇일까.

재미있는 기획이다, 관객이 모이겠다, 영화뿐만 아니라 이후 미디어믹스 즉, DVD, 비디오 발매, 비디오 대여회사에 대한 판매 등으로도 자금을 회수할 수 있겠다, 라는 것도 중요하다. 당연히 기획제안서에는 〈관객동원예측〉 항목이 있을 것이다. 그러나 예측은 어디까지나 예측일 뿐이므로 숫자를 조정하는 것만으로도 얼마든지 꾸밀 수 있고, 이는 해 보지 않으면 알 수가 없다.

그러나 스폰서에게 있어서 무엇보다도 우선순위 첫 번째에 오는 것은 그러한 것들이 아니다. 우리 회사가 투자하는 만큼의 장점이 있는지 여부다. 기업이라는 것은 이미지를 중요하게 여긴다. 영화 내용이 사장의 경영방침, 기업의 가치관, 혹은 기업이미지와 일치하는지 여부가 중요하게 작용하는 것이다. 여기서 포인트라는 것은 역으로 이 포인트에 따른 기획서를 써야 한다는 뜻이다.

이것은 팔린다, 이것은 무조건 히트다, 라고만 해서는 스폰서 기업이 움직이지 않는다. 영화처럼 비용이 많이 드는 투자 상품은 더욱 그렇다. 단일 소유주가 지배하는 회사라면 모르겠지만 이사회를 통과할 만큼의 대의명분이 필요하다. 그 대의명분을 준비해 주는 것도 제안하는 사람의 책임이다.

❸ 〈그래서, 그래서…〉라고 부드럽게 진행되는 구성 전개

– 전동차를 달리게 하기 전에 우선 선로를 만들어라

업구문이든, 논문이든, 소설이든, 에세이든 모든 문장은 구성이 좋고 나쁨에 따라 가치가 결정된다. 문장이 조금 서투르든, 불친절하든 상관없다. 중요한 것은 구성이다. 이 업무문에서는 어떠한 스토리 전개가 가능할까. 세세한 내용 등은 나중에 생각하면 된다. 전체적인 방침을 어떻게 정리할 것인가 하는 거시적인 관점이 중요하다.

구성이란 바꾸어 말하면 설계도와도 같다. 예를 들어 전차를 갑자기 달리게 할 수는 없다. 우선 선로가 놓여야 한다. 말끔하게 선로가 놓여야 탈선이나 전복이 일어나지 않듯이 문장도 마찬가지로 확실하게 선로가 놓여 있다면 읽기 쉽고 알기 쉽다. 즉, 바로 소화될 수 있는 문장을 써야 한다.

이 설계도를 어떻게 정리해야 할까. 포인트는 다음과 같다.

① 이 문장에서 무엇을 전달할 것인가?
② 전달할 수 있는 최선의 방법은 무엇인가?
③ 스토리를 어떻게 전개하면 가장 효과적일까?
④ 결론을 처음에 둘 것인가, 마지막에 둘 것인가?
⑤ 마지막으로 퇴고하라(다시 문장을 다듬어라).

구체적으로 살펴보자

① 이 문장에서 무엇을 전달할 것인가?

앞의 두 가지 경우를 예로 들면, 사과와 주의환기를 철저하게 하고 싶은 것인가? 자금협력을 바라는 것인가? 주된 목적을 확실히 파악해 두는 것이 중요하다. 이 목적을 벗어난다면 업무문은 아무런 역할을 할 수가 없다. 그럼에도 불구하고 문장을 쓸 때 자신이 얼마만큼 공부하고 연구했는지, 시장조사를 얼마나 열심히 했는지 호소하기 위해 주목적을 벗어나 버리는 사람이 많다. 지식이 많음을 자랑

하는 데는 성공할지 모르지만 이렇게 해서는 업무문의 목
적에 갖지 않는다.

이런 업무문은 아무런 역할도 할 수 없다. 업무문은 목
적을 달성할 때만이 문장이 되는 것이다. 결과에 대한 책
임이 항상 따르는 것이고, 단순한 자기만족으로 끝나서는
안 된다.

② 전달할 수 있는 최선의 방법은 무엇인가?

기승전결 순서로 쓸 것인가? 아니면 결론부터 쓸 것인
가? 또는 문제제기-결론-이유전개-결론 순서로 쓸 것인
가? 읽는 사람에게 의사를 정확하게, 효과적으로 전달하는
최선의 방법은 무엇인가?

다음 글을 예로 들어 보겠다. 모 국립대학에서 받은 강
의 요청 문장이다. 사실 상대 교수는 이전부터 잘 아는 사
이였기 때문에 전화나 이메일로 요청해도 충분했지만, 정
식의뢰를 위해 단정한 업무문을 우편으로 보내 왔다.

여기서 주목해야 할 것은 갑자기 용건으로 들어가지 않
고 우선 인사부터 한다는 것이다. 이것은 업무문 중에서도
편지라는 특수한 문장스타일이다. 영업사원이 현관에 들
어서자마자 "이것 좀 사 주세요"라고 말하지 않는 것처럼
인사는 사회인으로서 가지는 예의다.

참고로 이 편지의 서두와 말미를 소개한다.

출강의뢰에 관하여

　초봄을 맞이하여 귀하에게 더욱더 건강과 행복이 깃들기를 바랍니다.

　공사다망하신 중에 참으로 죄송합니다만 표제의 강의를 귀하에게 의뢰하고자 간략하게나마 서면으로 상황을 여쭙습니다.(중략)

　본 대학 공학부에서는 기술 기획과 관련하여 모든 학생들이 취직과 동시에 '그것이 움직이는가? 또는 '그것이 만들어지는가? 라는 검토를 할 수 있도록 만전의 교육체계를 갖추고 있습니다. 하지만 '그것이 팔릴 것인가' 라는 단계에서는 교수를 포함해 아는 사람이 없습니다. 대학은 사회로부터 벤처기업을 설립하고, 획기적인 신제품을 개발해 달라는 요청을 받습니다. 그러나 '그것이 팔릴 것인가? 를 검토할 수 없다면 쓸모가 없다고 생각합니다. 그 기획을 완수하기 위해서는 조직의 구성이나 리더의 기질을 배워야 합니다. 기술의 전문성을 배우는 것도 물론 중요하지만, 조직을 통솔하는 인간 교육도 차세대 공학부에 필수적인 교육 내용이라고 생각하고 있습니다.(중략)

　여러 가지로 무리한 부탁을 드려서 죄송합니다만, 부디 협력해 주시기를 바라마지 않습니다.

서두의 가장 눈에 띄는 부분에는 제목이 온다.

이 경우에는 〈출강의뢰〉다. 이것만 있으면 이 글의 내용을 일목요연하게 알 수 있다. 단행본에서도 제목을 보면 내용을 유추할 수 있는데 그와 마찬가지다.

다음은 틀에 박힌 형태의 인사말이다.

그 다음이 용건, 말하자면 이번 업무문의 주안점이라고도 할 수 있는 메시지다. 읽는 사람도 인사라는 정형화된 문장은 빨리 읽어 버리고, 바로 이 부분에 주목할 것이다. 이 부분의 내용에서 어떻게 사람을 움직이는 문장을 쓸 것인가로 목적을 달성할 수 있는지 여부가 결정된다. 나는 그 사람과 친하다는 이유 때문만이 아니라, 단순히 판에 박힌 형태의 문장과는 다른 무언가를 느꼈고, 이 글에 공감하기 때문에 제안을 받아들였다. 주제의 상담이나 스케줄표 등은 따로 첨부되어 있었지만, 나는 우선 이 글을 읽고 어떤 느낌을 받았을까.

예상과는 달리 우리나라 국립 최고학교로서는 부드러운 문장을 쓰고 있다고 느꼈던 것 같다. 그 느낌은 아마도, 대학교육의 실상에 대해 한탄도 아니고 토로도 아닌 미묘한 표현을 하고 있는 점에서 온 듯하다. '그것이 팔릴 것인가?라는 단계에서는 교수를 포함해서 아무도 모른다' 는 부분에서는 유머가 느껴졌다.

재미있는 것은, 인간은 정형화된 표현에는 전혀 공감하지 않는 동물이라는 것이다. 그러나 편지는 대부분 정형화된 표현의 연속이다. 그래서 정형화된 표현이 아닌, 얼마

나 인간을 움직이는 문장을 쓸 수 있는가 여부가 중요하게
작용한다고 하겠다.

③ 스토리를 어떻게 전개하면 가장 효과적일까?

업무문을 쓸 때 시나리오의 노하우는 매우 참고가 될 것
이다. 시나리오 세계에서 박스형태 쓰기라는 노하우가 있
는데, 말 그대로 박스에 차례차례 문장과 내용 등을 써 내
려감으로 해서 이름이 붙었다.

어떤 방법인가?

우선 큰 종이를 준비하고, 거기에 가로세로 선을 그어
사각 박스형태를 만든다. 이 박스에 풍경이나 등장인물의
움직임을 간단하게 써넣는다. 이것을 보면서 다음 장면을
점차적으로 써 나가면 전체 구성이 완성된다. 구성이 완성
되면 이번에는 등장인물의 대사를 써넣는다. 물론 대사로
시작해서 역으로 장면을 묘사할 수도 있다. 이것을 드라마
나 영화의 길이에 맞춘다. 30분짜리 드라마라면 30분 분
량, 60분짜리 드라마라면 60분 분량으로 만든다.

이 방법을 듣고서 '아, 그거라면 나도 해 본 적이 있지'
라고 생각하는 사람이 적지 않을 것이다. 프리젠테이션을
할 때 파워포인트를 써 본 적이 있는 사람이라면 요령은
모두 똑같다. 박스형태 쓰기든 파워포인트든 본질은 그림
으로 하는 연극이다. 단순히 전자화, 전기화하고 있음에
불과하다. 어디든 시나리오라는 철도를 만들기 위해 선로

를 점차적으로 설치해 나가는 것이다.

　나도 이 책을 쓸 때 이 박스형태 쓰기로 정리하고 있다. 처음에 제목을 정하고 그에 따라 각 장의 제목을 결정하고, 각 장의 내용을 어떻게 할 것인가를 박스쓰기 형태로 정리해 나가고 있다. 이는 이 책과 같은 실용서적뿐만 아니라 소설이나, 학회 논문에도 응용이 가능하다.

　나의 작가 경험, 편집자 경험, 그리고 논문심사 경험으로 미루어 볼 때, 이 방법을 사용하는 사람은 전체의 70% 이상인 듯하다. 나머지 사람은 박스쓰기 형태 자체가 머릿속에 들어있어 하나하나 써 나가도 관계가 없는 경우다.

　박스쓰기 형태를 더욱 간단하게 할 수 있는 방법이 있다. 바로 포스트잇을 활용하는 방법이다. 내 호주머니나 가방에는 크기, 색깔, 형태가 다양한 포스트잇이 항상 들어있다. 그 대부분은 참고서나 자료의 포인트를 체크하기 위해 사용하는데, 박스형태 쓰기와 마찬가지로 문장 구성을 정리하는 데에는 최적의 도구라고 생각한다.

　예를 들어 큰 종이 한 장에 박스형태 쓰기를 할 경우, 문장을 다시 다듬을 때 도중에 삽입하고 싶은 장면이 많이 발생한다.

　'이 한 줄을 꼭 넣고 싶다.'

　'이 부분은 반론을 누르기 위한 복선으로 넣고 싶다.'

　설득력을 높이기 위해 중간에 써넣거나 새롭게 생각나는 아이디어가 자연히 늘어난다. 그렇게 되면 어디가 어디로 연결되는지, 문장으로서 앞뒤가 맞는지, 논리의 파괴

없이 깔끔하게 전개해 나가는지 잘 살펴야 한다. 만약 중간에 써넣을 내용이 지나치게 많아지면 나중에는 수습하기 힘들게 될 우려가 있다. 이럴 때 포스트잇을 사용하면 한꺼번에 해결할 수 있다. 왜냐하면 포스트잇은 탈착이 자유롭고, 크기도 다양하므로 아이디어가 나올 때마다 구성에 집어넣는 것도 간단하게 할 수 있다. 기획서나 의뢰서를 정리할 때 포스트잇을 사용해서 전체 스토리 전개를 정리하면 알기 쉽게 된다.

'여기 약간 설득력이 없지 않나?'

'이 부분은 좀더 구체적인 사례로 설명하지…….'

리포트를 쓸 때도 컴퓨터를 켜고 처음부터 쭉 써 나가도 되지만 그 전에 전체 구성이나 스토리 전개를 생각하고 쓰는 것이 좋다. 더욱이 키워드나 키프레이즈, 때로는 캐치카피 등을 효과적으로 넣고 싶다면 우선 포스트잇에 아이디어나 주장, 생각나는 것들을 무작위로 써넣는다. 이제 다 되었다고 생각되면 이러한 정보들을 정리한다. 열거해서 바꾸어 보거나 붙여 보거나 삭제해 보아서 밀도 있는 내용으로 키워 나간다. 컴퓨터를 켜고 바로 써 내려가는 것보다 훨씬 좋은 리포트가 될 것이다.

포스트잇은 이렇게 활용할 수 있다.

④ 결론을 처음에 둘 것인가, 마지막에 둘 것인가?

업무문은 무엇보다도 결론이 처음에 나오는 것이 원칙

이다.

　전쟁에서 승리했는지 패배했는지 승패의 결과가 가장 알고 싶은 것이다. 그것을 아무리 장황하게 설명해도 상대는 초조해 할 뿐이다. 따라서 상대가 가장 읽고 싶고 듣고 싶은 것을 가장 먼저 전달해야 한다. 구두로 보고하거나 업무문을 정리할 때도 요령은 같다. 비즈니스맨은 바쁘기 때문에 결론이 중요하다. 중간 과정은 요구할 때 보고하면 된다.

　그런데 업무문은 테마나 타이틀이 그대로 결론이 되는 경우가 많다. 예를 들어 〈출강의뢰〉 업무문에 대해 앞에 소개했는데, 거기 보면 결론은 타이틀로 이미 나와 있는 것을 볼 수 있다. 결론이 앞부분에 있으면 읽는 사람은 '아, 그렇구나' 하는 정도로 마음의 준비를 할 수 있다.

　다만 심각한 상황이 예상되는 경우에는 결론을 뒤로 돌리는 편이 좋을 수도 있다. 판결문에 있어서도 극형을 선고할 때에는 마지막에 결론을 말하는 경우가 많다. 생각해 보면 알겠지만, "제목-사형에 처한다"라고 느닷없이 재판관이 말한다면 어떨까. 그 다음 말들은 귀에 들리지도 않을 것이다. 따라서 가장 마지막에 선고를 내린다.

　업무문에 있어서도 이와 마찬가지로, '그래서 이 사업에서 철수해야 한다', '그래서 도산이나 화의밖에 방법이 없다고 생각한다' 라는 심각한 결론을 처음에 써 버린다면 '아니, 꼭 그렇게 단정 지을 수는 없어!' 라는 식으로 그 메시지에 대해 솔직하게 받아들이지 않고 우선 반대 입장에서서 가로막을지 모르기 때문에 주의해야 한다.

문장을 쓰는 방법으로 자주 언급되는 방법은 기승전결로 쓰거나 아니면 서두에 결론을 내리고 뒤에 이유를 기재해 나가는 순서로 쓰는 방법이겠지만, 업무문에서 중요한 것은 우선 문제제기다. 비즈니스맨은 각각 담당하는 업무가 있다. 이 업무에서 지금과 같은 문제와 과제가 있다. 문제는 발견되었을 때 이미 해결되어 있다고 말하기도 하지만, 우선 이 문제를 명확하게 하는 것이 중요하다. 이 부분이 지금 우리 회사에 요구되고 있는 것이라고 테마를 명확하게 한다. 이 과제를 해결하는 결론은 이것이라고 말한 이후 결론에 이르게 되는 과정 즉, 이유를 전개한다. 그리고 나서 한 번 더 결론을 말해서 읽는 사람의 머리에 강렬하게 과제와 과제해결 방법을 주입하는 것이다.

⑤ 마지막으로 퇴고하라(다시 문장을 다듬어라).

어떠한 문장이든지 퇴고가 중요하다. 특히 문장을 잘라 내거나 순서를 바꾸어 보면 생각지도 않은 발견을 할 수 있다.

나는 지금까지 100권 이상의 책을 써 오고 있는데, 어떠한 원고도 초고대로 활자화된 적은 없다. 일반적으로 두 번째 퇴고 때 철저하게 수정하기 때문에 언제나 두 권 분량 정도를 쓰고 있는 셈이다.

그만큼 퇴고하는 이유는 조금이라도 내용을 개선하기

위해서다. 계산에도 검산이 필요한 것처럼 업무문에서도 이것이 정확한지, 설득력이 있는지 퇴고를 해야 한다. 순서를 조금 바꾸어 보는 것만으로도 문장의 임펙트가 강해지거나, 한 번에 알기 쉬워지는 경우가 많다.

다음 사례는 지인에게서 받은 〈취재요청〉이라는 업무문이다. 다음 두 가지 사례 가운데 어느 쪽이 더 효과적인지 즉, 한번 취재해 볼까? 하고 마음을 낼 수 있겠는지 여러분들이 판단해 주기 바란다.

제O회 국제 OO비즈니스 회의

◆ 테마 : 셀프 모티베이션-정열과 변혁이 성과를
   만든다

◆ 일시 : OO년 O월 O일 09:45~20:00

◆ 회의장 : OO호텔

▼ 기조강연 : OO씨

▼ 특별강연 : OO씨

▼ 사회 : OO씨

▼ 12가지 주제의 분과회 :

▼ 네트워킹 파티 :

◆ 회의관련 상세한 사항은 OO을 참조

★ 문의사항/취재신청 : OO사무국
   TEL : OOO FAX : OOO e-mail : OOO

〈스폰서〉

◆ 후원 : OO신문사

◆ 협찬 : OO 외 십여 개 회사

〈취재요청〉

지금 우리나라를 움직이고 있는 파워풀한 여성들이
전국에서 800명 이상 운동장에 집합.
꼭 취재하러 와 주십시오.

〈취재요청〉

지금 우리나라를 움직이고 있는 파워풀한 여성들이
전국에서 800명 이상 운동장에 집합.
꼭 취재하러 와 주십시오.

제○회 국제 ○○비즈니스 회의

◆ 테마 : 셀프 모티베이션-정열과 변혁이 성과를
  만든다

◆ 일시 : ○○년 ○월 ○일 09:45~20:00

◆ 회의장 : ○○호텔

▼ 기조강연 : ○○씨

▼ 특별강연 : ○○씨

▼ 사회 : ○○씨

▼ 12가지 주제의 분과회 :

▼ 네트워킹 파티 :

◆ 회의관련 상세한 사항은 ○○을 참조

★ 문의사항/취재신청 : ○○사무국

  TEL : ○○○ FAX : ○○○ e-mail : ○○○

〈스폰서〉

◆ 후원 : ○○신문사

◆ 협찬 : ○○ 외 십여 개 회사

이 두 가지 업무문의 차이는 미세한 것이다. "취재하러 와 주십시오"라는 메시지를 처음에 둘 것인가, 마지막에 둘 것인가일 뿐이다. 그러나 이 작은 차이가 결과에서는 큰 변화를 가져온다. 가장 호소하고 싶은 메시지(결론)는 처음에 둔다. 이것이 업무문의 원리원칙이다. 따라서 개선 사례와 같은 구성이 더 낫다.

몇 번이나 말하지만, 비즈니스맨은 매우 바쁘다. 중요한 메시지를 마지막에 두면 보는 사람이 과연 읽어 줄지 모른 다. 가장 말하고 싶은 것은 처음에 말하는 것이 업무문에 서는 중요한 포인트다.

어, 우리나라를 움직이는 파워풀한 여성? 800명이나 모 인다니 굉장한데? 이 정도 임펙트라면 중요한 메시지는 처 음에 두어야 한다. 사실 이 메일은 개선사례와 같이 구성 되어 있었다. 업무문으로서는 정답이다.

❹ 〈과연, 과연…〉이라고 신뢰할 수 있는 논리 전개

– 뇌를 why, because 모드로 한다

문장은 크게 나누면 두 가지다. 하나는 설명하기 위한 문장, 또 하나는 묘사하기 위한 문장이다. 물론 업무문에 는 설명, 묘사가 모두 중요하다. 전자의 경우에는 논문(대학시험의 소논문도 포함)이나 프리젠테이션 문장, 또는 취급설명서 등이 해당한다. 예를 들어, 프리젠테이션에서는 "이 기획을 꼭 채택해 주십시오. 왜냐하면 ○○라는 점에서 최대한 공헌할 수 있기 때문입니다. 왜 이 기획이 중요한지 배경부터 설명하고 싶습니다"라는 식으로, 결론부터 시작하여 점차 검증으로 이어진다. 이 방법은 부하직원이 상사에게 보고하는 경우에도 충분히 응용할 수 있다. 상사라는 존재는 동서고금을 막론하고 항상 결과부터 듣고 싶어 한다. 따라서 우선 결과를 말한다.

"성공했습니다."

"그런가? 수고했군. 그런데 어떻게 했지?"

"요인은 세 가지가 있습니다. 첫째 ○○○, 둘째 ○○○, 셋째 ○○○. 이상입니다."

이렇게 보고하면 간단하면서도 요점이 명확해 최상이다. 이렇게 업무보고를 할 수 없는 부하직원이라면 좀 고려해 볼 필요가 있다.

"음, 상대가 과장이었습니다. 그래서 이러한 이야기부터 시작했습니다. 그러자 ○○○라고 해서 잘 되지 않았나 생각됩니다. 아 참, 다른 사항도 있습니다. ○○○라는 것입니다. 기다려 주십시오. 아직 더 있습니다."

이러한 보고는 정리가 전혀 되어 있지 않다. 이는 머릿속에서 문장이 정리되어 있지 않기 때문이다. 우선 머릿속을 비워 두고, 머릿속에 박스쓰기가 가능하다면 포인트를 강조하여 설명한다.

또 논문을 비롯한 논리적인 문장에서 중요한 것은 결론에 이르는 동안 그 과정에서 잘못이 있는지 여부다. 문장력, 표현력보다도 논리 전개력이 요구된다. 이러한 것도, 논문은 가설을 논리적으로 검증하는 과정을 명확하게 하는 문장이기 때문이다. 소설이나 에세이는 목적이 다르다. 즉, 논문은 읽는 사람의 미적 감각에 호소하는 것이 아니라, 오해나 착각 그리고 틀린 부분이 없도록 논리적으로 확실하게 전개하는 것이다.

그럼 어떻게 하면 논리적인 문장을 쓸 수 있을까? 그것은 why, because의 전개로 논리를 펼쳐 나가는 것이다. '왜', '왜냐하면' 이라는 문장 전개다.

❺ 〈아, 그랬구나!〉라고 무미건조한 숫자에 이미지를 주입한다

– 숫자야말로 문장의 본질이다

논문의 생명은 논리에 있다. 뜻이 통하지 않는 논문은 논문이 아니고, 읽는 사람이 고개를 갸우뚱거리게 하는 표현은 표현이 아니다. 논문(넓은 의미에서는 비즈니스 문서도 포함)은 적어도 표현만큼은 정확하고, 객관적이고 설득력이 있어야 한다.

그러면 객관적인 표현이란 무엇인가? 그것은 숫자다.

숫자 1은 어떤 나라에서든 1이다. 숫자는 문화를 초월한다. 그래서 이 숫자를 능숙하게 활용하면, 업무문에서는 물론이고 구두보고, 프리젠테이션에서도 설득력을 가질 수 있다.

다음과 같은 대화는 어디서든지 들을 수 있는 일상적인 표현이다.

"이 제품을 사면 어느 정도 효과가 있습니까?"
"상당한 효과를 기대할 수 있습니다."
"경쟁사도 도입하고 있습니까?"
"상당히 이용하고 있습니다."
"그래서 수입이 괜찮습니까?"
"제법 수익이 많다고 듣고 있습니다."

고객과 이런 말들을 주고받는 사람은 상당히 많을 것이다. 그러나 업무문이나 상사에 대한 보고, 회의에서 하는 발언, 프리젠테이션 등에서 이러한 개략적인 표현을 써서는 안 된다. 비즈니스맨으로서 실격이라는 낙인이 찍힐 것이 확실하다.

'상당하다' 란 구체적으로 어느 정도인가? 그 제품을 구입하고 나서 매상이나 이익이 몇%나 좋아졌나? '상당히', '제법' 이라는 것은 도대체 어느 정도인가? 숫자로 확실하게 설명할 필요가 있다. 비즈니스맨에 있어서는 숫자가 전부다. 비즈니스맨이기 때문에 숫자로 말해야 한다.

"이웃에 상점이 생겼네요. 어느 정도 사람이 오나요?"
"한 시간에 30명 정도 옵니다."
"그렇습니까? 우리에게 영향이 있습니까?"
"일주일 사이에 매상이 20% 줄었습니다."

만약 이 대답에 '상당히', '제법' 과 같은 표현을 쓴다면 상사는 제대로 판단을 내릴 수가 없고, 문제를 제기할 것이다. 애매성은 우리말의 특징이지만, 업무는 애매한 채로는 진행되지 않는다. 예를 들어, 세븐일레븐의 성공에 크게 공헌한 것은 POS시스템이다. 순식간에 판매숫자(판매된 상품 파악)를 정확하게 나타내 주기 때문에 여러 대책을 세울 수 있었다. 만약 '아마', '많이', '상당히' 라는 개략적인 감각으로 경영하고 있었다면 오늘날의 세븐일레븐은 없었을지도 모른다.

무미건조한 숫자에 의미를 부여 하라

앞서 말한 대로 숫자는 숫자일 뿐이다. 어떤 나라에서든 1은 1이고, 2는 2다. 만국 공통의 메시지라고 해도 좋을 것이다. 그런데 이 숫자라는 메시지가 특이한 점은, 1은 1이지만 제안의 방법, 표현하는 방법에 따라 효과가 전혀 다르게 나타난다는 점이다. 이것을 주의해야 한다.

여러분이 새로운 매장을 연다고 가정해 보자. 다음과 같은 문구를 광고로 내걸 수 있을 것이다.

"신규 오픈을 하면서 30%를 할인합니다."

영업담당자가 고객을 방문할 때에도 다음과 같은 방법으로 접근한다면 어느 정도라도 약속을 성사시킬 수 있지 않을까?

"회사 매상을 곧바로 30% 증대시킬 수 있는 기획을 제안합니다."

"귀사의 비용을 30% 절감할 수 있는 제안입니다."

교섭이나 설득을 위해서는 숫자가 굉장한 효과를 발휘한다. 숫자를 사용하는 것만으로 바로 객관적이고 과학적이라고도 할 수 있고, 정당성을 가지게 된다.

> 1은 1이지만 제안의 방법, 표현하는 방법에 따라 효과가 전혀 다르게 나타난다

예를 들어, 다음 문장을 보고 여러분은 어느 쪽에 더 신뢰가 가는가?

1. 이 제품은 많은 고객들이 애용하고 있습니다.
2. 이 제품은 고객 17,500명이 애용하고 있습니다.

다음은 어떤가?

1. 이 정수기는 불순물을 상당히 제거할 수 있습니다.
2. 이 정수기는 불순물을 98.7% 제거할 수 있습니다.

대부분 문장 2가 좋다고 생각한다. 이것은 숫자가 가지는 파워임에 틀림없다.

그러면 다음 경우는 어떤가?

1. 약 2,000만 원의 매출 감소
2. 1,921만 원의 매출 감소

1. 올해 우리 회사 성장률은 매출액에서 약 10% 상승
2. 올해 우리 회사 성장률은 매출액에서 9.57% 상승

1은 개략적인 숫자이고, 2는 소수점 이하까지 정확한 숫자다. 후자 쪽이 더 진실감을 느끼게 만들지 않을까. 이 소

수점 이하 숫자를 디테일이라고 하는데, 이쪽이 더 설득력
이 있는 것이다.

이미지가 살도록 **숫자를** 다른 무언가로 **바꾼다**

'오늘은 더웠다' 라는 메시지를 전달할 때도 '역까지 자전거로 갔다면, 땀으로 흠뻑 젖어버렸을 것이다' 라고 표현한다. 이렇게 하면 현실적으로 이미지가 살아난다. 마찬가지로 무미건조한 숫자를 어느 정도 구체적으로 이미지화할 수 있느냐 여부에 따라 문장술에서는 승부가 난다.

"예루살렘의 넓이는?"

"성지가 모여 있는 구시가지는 평방 1킬로미터다."

이렇게 말하면 이미지가 살아나지 않는다. 숫자는 이미지가 되기 어렵기 때문에 무언가로 바꾸어 주어야 한다. 그렇게 하면 바로 이미지를 떠올릴 수 있다.

"서울대공원와 같은 면적 안에 성지 세 개(그리스도교, 유태교, 이슬람교)가 있다."

이런 요령이다. 인간은 정형화된 표현에는 마음이 움직이지 않는다. 숫자는 숫자이지만 무미건조한 것 이상은 아니다. 그만큼 숫자만으로 사람을 움직이기는 어렵다. 반대로 말하면 이 무미건조한 숫자에 글쓰기 전략으로 힘을 불어넣는 것이 중요하다.

"알콜중독자가 대전시민 수만큼이나 된다"는 신문기사

가 있다고 하자. 이 기사에 단순히 "전국에 82만 명 있다"
고 쓰여 있었다면, 그런가? 하고 지나쳐 버렸을 것이다. 그
숫자가 많은지 적은지 전혀 인상에 남지 않는다. 그런데
이 문장을 읽으면서, 대전광역시 인구와 같은 숫자라! 굉
장하네, 그렇게 많구나! 하고 느낄 것이다. 이것이 숫자를
이미지화시키는 글쓰기 전략이다.

무미건조한 숫자에 이미지를 불어넣어야 한다. 이것이
야말로 성공하는 글쓰기의 숨은 기술이다.

제3장

절실한 문장을 쓰라!

: 업무문은 사람을
감동시켜야 가치가 있다.

머리로 쓰면
머리로 전달된다.
마음으로 쓰면
마음으로 전달된다.

성공하는 글쓰기는 사람을 뜻대로 움직이게 한다

"업무문에는 감동 따위가 필요 없다."

이렇게 큰소리치는 작가가 있다. 제1장에서 말한 대로 이것은 크게 잘못되었다고 생각한다. 오히려 업무문이야말로 사람을 감동시키지 않으면 안 된다. 단순히 문장을 붙여나가는 것만으로 메시지가 전달되는 것은 아니지 않는가? 하물며, 일 하나라도 서로서로 연관되어 있는 비즈니스 업무의 경우, 상사나 고객, 거래처 등을 유인하기 위해서는 보통의 설득력으로는 충분하지 않다. 문장 하나로 사람의 마음을 움직이고, 절실히 원하게 만들고, 내가 의도하는 대로 이끌어 내야 한다. 품의서든, 기획서든, 제안서든, 클레임에 대한 사과문이든 문장 하나만으로 내 생각대로 의사를 전달한다.

이것이 성공하는 글쓰기에서 가장 요구되는 능력이 아닐까?

감동이라는 것은 글자 그대로 '느껴서 움직인다' 는 뜻이다. 느끼는 것은 머리가 아니라 마음이다. '아, 이쪽이 이익이네' 라고 계산하고, 그 결과로 '그럼 해 볼까? 라고 움직이는 것은 아니다. '꼭 하고 싶다!' , '하지 않으면 안 된다!', '자, 해 보자!'라고 마음이 먼저 움직여서, 다른 생각은 하지 않고 행동으로 옮겨 버리는 것이다.

그렇게 하기 위해서는 우선 느끼는 것이 중요하다.

이렇게 말하면 "그럼, 계산이나 논리적 사고보다 열의와 정열이 더 중요하다는 것인가?"라고 단편적으로 묻는 사람이 있는데 이것도 잘못이다. 열의나 정열을 뛰어넘는 계산, 논리적 사고가 있어야만 '성공하는 비즈니스맨의 업무'다. 열의, 정열 등은 자연히 나타나는 것이므로 무리해서 연기할 필요는 없다. 그보다 훨씬 중요한 것은 열의나 정열이 전하는 숫자이고, 논리적 사고를 가지는가이다. '성공하는 글쓰기'란 이 열의, 정열을 뛰어넘는 문장 전개를 하는 것이다.

업무와 인생을 여러분의 생각대로 진행해 나가기 위해, 열의나 정열을 뛰어넘는 문장술을 마스터하자.

 나오키상 수상작가에게 배우는 문장술

문장에는 직접적인 표현뿐만 아니라, 간접적인, 말하자면 암묵적으로 전달되는 표현도 있다.

예를 들어, 재미있는 영화를 소개할 때 어떻게 하면 잘 전달될 것인가 생각해 보자.

"최고다. 너무 좋다. 절대 보지 않으면 안 된다. 안 보면 손해니까 꼭 보아야 한다."

"뭐, 혼자서 흥분하고 있잖아. 바보같이!"

문장에는 이러한 직접적인 표현뿐만 아니라, 간접적인, 말하자면 암묵적으로 전달되는 표현도 있다.

다음 문장을 보자. 어떤 나오키상 수상작가가 쓴 문장인데 "멋지다"라는 말밖에 안 나온다.

시사회장은 유락쿠쵸에 있는 요미우리홀이었다.

상영하기 20분 전에 도착했는데, 매우 평판이 좋은 영화였기 때문에 당연히 좌석이 만원이었다. 하지만 사전에 관계회사 사람에게, "미안하지만 자리 좀 잡아 주세요"라고 부탁을 해 두었던 터였다. 그 사람은 맨 마지막 줄에 양복저고리를 올려두어 아내의 좌석까지 두 자리를 잡아 주었다. 옆자리는 와타나베 에리코 씨 였다. 와타나베 에리코 씨는 괜찮았는데 반대편 옆자리에 앉아있는 커플을 보자 '아, 위험한데' 라는 생각이 들었다. 전형적인 대학생 커플이었다. 남자는 멧시쿤(여자가 밥을 사달라면 언제든지 사주는 남자)인 것 같았다.

"저기, 나는 외국영화는 잘 안 봐서 모르겠는데 저게 뭐야? 〈다소하드2〉라는 거 말이야."

"다소하드가 아니라 다-이-하-드-야."

어이가 없었다. 다이하드는 1편이 너무 재미있어서 우리들 주변에는 〈다이하드 증후군〉이라는 말까지 생기고, 모든 세상일을 "다이하드를 백 점으로 했을 때 그건 몇 점이야?"라고 가치판단의 기준으로 삼을 정도였다. 당연히 이 〈다이하드2〉도 전작에서 다루었던 소재가 많이 나올 터였다. 결국 1편을 보았는가 보지 않았는가에 따라 영화를 보는 재미의 정도가 다를 것이다.

그런데 다소하드 운운하는 것을 보니 이 녀석들은 영화를 보는 도중에 말이 많겠구나 생각되었다. 영화를 보면서 "어, 저 사람은 왜 모두가 싫다고 하는 거죠?"라는 둥, 그런 질문을 남자에게 해 댈 것이 틀림없었다. 자리가 문제였다.

하지만 우리 예상과는 달리 그녀는 한마디도 하지 않았다.

『허클베리 프랜즈』(신쵸사), 카게야마 타미오

　회사 홍보지 등에서 영화평이나 음식평을 의뢰받는 경우는 여러분에게도 있을 것이다. 그런데 이때 "이 영화(혹은 음식)가 좋다", "최고이기 때문에 안 보면(혹은 안 먹으면) 손해다"라고 직접적으로 표현하는 방법도 있지만 위와 같이 간접적으로 전달하는 방법도 있다. "말하는 것을 잊어버릴 정도로 재미있다"라고 간접적으로 표현하는 것이다. 실제로 '다소하드' 운운 하는 사람이 시사회장에 있었는지 여부는 아무도 모른다. 이것은 문장의 기술로 얼마든지 연출할 수 있다.

말을 잘하면 문장도 뛰어나다는 오해

18

말은 잘하지만 문장을 잘 못쓰는 사람도 있고, 반대로 문장은 잘 쓰는데 말은 잘 못하는 사람도 적지 않다.

젊었을 때 나는 연구회에서 매월 경영자들에게 강연(키맨 네트워크)을 주재하고 있었는데, 정말로 잘 못하는 사람은 못했다. 일부 경영자들은 그들이 하는 말이 그대로 원고가 되어 버릴 정도로 알목요연하고, 홍미 있게 이야기할 수 있는 달인들이었다. 하지만 이런 경우는 거의 드물고, 세상에 알려진 저명한 인사 대부분은 그렇지 않았다. 말이나 문장, 어느 하나라도 뛰어나다면 그것으로 글이 되는 것이다.

하물며 비즈니스는 말이든 문장이든 그럭저럭 할 수 있는 것으로 충분하다. 스스로 잘 못한다는 걸 인식한다면 대책을 세워야 하고, 실천을 해야 한다.

원래 후지TV 피디였으며, 만담 붐을 일으킨 사람으로 유명한 요시모토홍업 전 동경본부장도 말이나 문장에서는 달인클래스에 있다고 생각한다. 그런데 이 사람은 강연이나, 취재, 인터뷰를 할 때 반드시 조그만 메모를 준비해서, 거기에 이야기해야 할 포인트를 적어 넣고, 키워드를 적어

놓는다. 질문이 있으면 잠시 메모를 훑어보고 그 다음에 이야기를 한다. 그렇게 하면 차분하게 이야기할 수 있고, 깜박 잊고 말하지 못하는 실수는 하지 않는다. 물론 사전에 질문 내용을 알고 있다면 모범답안을 준비해 확실한 대답을 할 수 있다. 이렇게 하면 답변이 논리정연하기 때문에 머리가 좋은 것처럼 느껴지고, 무엇보다도 확실한 일처리가 가능하다. 일찍이 미국의 저명작가 마크 트웨인은 "세상에서 큰일을 성취하는 사람은 매일 5분간 생각하는 시간을 갖고 있느냐 그렇지 않느냐에 달려 있다"고 갈파한 적이 있는데, 이 사람은 5분간 생각해서 메모를 준비한 것인지도 모르겠다.

머릿속이 정리되어 있지 않다면 5분간 정리해 본다. 말이 잘 되지 않는다면 미리 시나리오를 만들어 둔다. 말을 잘하지 못할수록 준비를 해서 문장(메모)으로 정리해 두는 자세가 필요하다.

업무는 일을 진행하고 8분 안에 결정된다는 말이 비즈니스 세계에서는 예부터 전해오는데, 문장의 세계에서도 마찬가지다. 준비가 어느 정도나 되어 있느냐에 따라 내용의 깊이도 결정된다.

쓰는 것은 생각하는 것

사람의 마음을 움직일 수 있느냐 없느냐는 논외로 하더라도, 글쓰기를 단련하는 비결은 대량견문, 대량소비, 대량생산 외에는 없다.

대량견문, 대량소비, 대량생산이란 다음과 같다.

① 많이 본다.

② 많이 듣는다.

③ 많이 읽는다.

④ 많이 말한다.

⑤ 많이 말하게 한다.

⑥ 많이 쓴다.

⑦ 많이 체험한다.

⑧ 많이 시켜 본다.

⑨ 많이 생각한다.

이외에도 더 있겠지만, 많은 지식을 얻어, 많이 생각하고, 많이 써 본다. 그러면 부가가치가 넘치는 문장을 쓸 수 있다. 습관은 제2의 천성이며, 갈고 닦는 것이 능력을 개발하는 것은 어느 분야에서든 공통적이다. 물론 전문적인 문장가라면 이런 것들은 상식적으로 다 안다.

예를 들어, 모 인기 시나리오 작가는 바쁜 와중에도 반드시 전차를 타거나 거리의 허름한 가게에 들어가 손님들이 어떤 이야기를 하고 있는지 귀를 기울인다. 말하자면 필드워크(현장에서 뛰면서 일하는 것)다. 많은 생산물을 내기 위해서는 인풋을 많이 해야 한다. 이 기본적인 상식을 경험으로 알고 있는 것이다. 불가사의한 것은 많은 지식을 얻은 후 많이 잊어버렸음에도 불구하고 한 번 여러분의 몸을 통과한 정보는 어딘가에서 반드시 나타난다는 것이다.

"쓰고 싶은 게 나올 때까지 기다린다."

이츠키 히로유키(일본의 유명작가)는 이런 말을 했다. 마감시간에 쫓길 때 둘러대는 최상의 변명거리이기도 하지만 그의 경우에는 이것이 사실이었을 것이다. 붓 가는대로 쓰는 것과 같다. 그에게 있어 문장은 그런 것이다. 내 경우에도 '발상이 떠오른다' 기보다는 '하늘에서 떨어진다(좀 과장되지만)' 는 표현이 꼭 들어맞는 것 같다.

세포를 통과한 것만큼 나온다. 한번 받아들여 보라. 받아들인다면 언젠가는 나올 것이다. 무언가를 지니고 있는가, 아니면 자극하여 끌어내는가, 그것은 여러분에게 달려있다. 그런 의미에서 문장은 문장력으로 쓰는 것은 아니다. 기본적으로는 호기심으로 쓰는 것일지도 모른다.

AIDMA 요령으로 정리한다

　광고, 마케팅 세계에는 AIDMA라는 법칙이 있다. 소비자가 상품을 처음 인지하는 단계부터 마지막 구입하는 단계에 이르기까지 과정을 분석한 법칙이다. 이 과정에는 다섯 단계가 있다. 각 단계 머리글자를 따서 AIDMA라고 한다.

① Attention(관심을 끌고 주목시킨다)
② Interest(흥미, 관심을 갖게 한다)
③ Desire(갖고 싶다, 사고 싶다, 라고 생각하게 한다)
④ Memory(머릿속에 기억시킨다)
⑤ Action(실제로 사게 한다)

　마케팅 세계에서는 첫 번째 A(Attention)가 없으면 마지막 A(Action)도 없다. 문장의 세계도 마찬가지다. 첫 문장에서 주목받지 못하면, 흥미, 관심도 생겨나지 않고, 갖고 싶다거나, 기억한다거나 구매 행위로 진행되지 않는다.

　예를 들어 제2장에서 서두와 라스트 부분만을 강조한 문장을 소개했는데(취재의뢰: 지금 우리나라를 움직이고

있는 파워풀한 여성들이 전국에서 800명 이상 운동장에 집
합. 꼭 취재하러 와 주십시오), 이는 AIDMA 법칙에서 첫
번째 A(Attention)의 위력을 알고 있어야만 가능한 숨은 기
술이다.

그런데 문장에 있어서 AIDMA의 첫 번째 A(Attention)는 서두다. 대체 어떤 말, 어떤 구문으로 시작해야 할까? 이것으로 임펙트의 유무는 물론이고 문장 전체의 흐름까지 결정되기 때문에 그 책임이 매우 크다.

예를 들면, 앞에 소개한 〈하기친목여행안내〉라는 업무문도 이 AIDMA 법칙에 따라 바꾸어 쓰면 달라진다.

① Attention(관심을 끌고 주목시킨다)

타이틀(이것이 첫 번째 A) 즉, 〈하기친목여행안내〉를 〈초호화 호텔에서 프랑스요리와 와인을 맛보자〉로 바꾼다.

② Interest(흥미, 관심을 갖게 한다)

흥미를 끌 만한 요소를 강조한다. 예를 들면 초호화 여행, 일류요리와 와인, 편안한 휴식, 특별요금혜택, 보조금 등등.

③ Desire(갖고 싶다, 사고 싶다, 라고 생각하게 한다)

④ Memory(머릿속에 기억시킨다)

"지금 바로 수첩을 체크하고 스케줄을 만들어 두세요"

라는 문장 하나가 포인트다. 사람들은 좀처럼 수첩에 적
지 않는다. 그러나 이런 문장이 하나 있으면 수첩에 기
록하게 되는 것이 인간이다.

⑤ Action(실제로 사게 한다)

조합원여러분

OO회사노동조합

여행실행위원회

초호화호텔에서 프랑스요리와 와인을 맛보자!
♠ 하기친목여행안내 ♠

조합원의 친목과 간담회를 겸해 아래와 같이 OO년도 하기여행이 결정되었습니다. 이번에는 OO에서 내려서 함께 어울려 즐겨 봅시다. 여러분 모두 참가해 주시기 바랍니다.

아래

① 날짜　: 8월 5일(토) ~ 6일(일)

　　　　　 – 지금 바로 수첩을 체크하고 스케줄을

　　　　　 만들어 두세요

② 장소　: 부산(안락함으로 편안한 기분)

③ 숙박　: OO호텔(특별요리와 와인제공! 요금할인

　　　　　 혜택도 있음)

　　　　　 주소

전화

  e-mail

④ 일정

 * 5일 오후 2시 서울역 집합. KTX ○○호로 출발.

 부산역 도착 ○시 ○분

 * 6일 오후 4시, 부산역에서 KTX ○○호로 출발.

 서울역 도착 ○시 예정. 역에서 해산.

⑤ 비고

 참가유무, 대금납부(조합에서 보조금이 나옴) 등 상세한 사항은 이후 소식지와 메일로 안내합니다. 그 외 궁금하신 사항은 각 직장의 조합장에게 질문해 주세요.

끝

참고로 소설은 제목으로 승부가 결정되는 만큼 작가는 제목에 승부수를 던진다. 제목이 서투른데 뒷부분이 재미있는 경우는 드물다. 동서고금을 막론하고 명작의 제목은 모두 임펙트가 충분하고 감동적이다.

1. 오늘 마만이 죽었다. 어제였을지도 모른다. 아무래도 좋다.

　　　　　　　　　　　　　　　　—알베르 카뮈, 『이방인』

2. 어느 아침, 그레고르 잠사는 무언가 걱정스러운 꿈에서 눈을 뜨니 자신이 침대 위에서 한 마리의 거대한 독충으로 변해 있는 것을 발견했다.

　　　　　　　　　　　　　　　—프란츠 카프카, 『변신』

3. 산길을 올라가면서 이렇게 생각했다. 이지(理智)에 치우치면 모가 난다. 감정에 말려들면 낙오하게 된다. 고집을 부리면 외로워진다. 아무튼 인간 세상은 살기 어렵다.

　　　　　　　　　　　　　　—나쓰메 소세키, 『풀베개』

4. 국경의 긴 터널을 빠져나오면 설국이다. 온밤이 하얗게 되었다. 신호등에 기차가 섰다.

　　　　　　　　　　　　　—가와바타 야스나리, 『설국』

이 제목을 영어로는 Hook이라고 표현한다. 낚싯바늘로 걸어 올린다는 뜻이다. 독자의 관심을 낚싯바늘로 낚아서 놓치지 않는다. 참으로 AIDMA의 첫 번째 A, 즉 제목이 노리는 바가 거기에 있다.

성공을 붙잡은 기업가의 이 한 줄

멜라니 그리피스, 해리슨 포드 주연, 시고니 위버 조연. 아카데미 여우주연상과 여우조연상을 수상한 영화 〈워킹걸〉이다. 이 영화에 우리와 같은 경영컨설턴트가 늘 체험하는 장면이 나온다. 엘리베이터 안에서 영업사원이 필사적으로 프리젠테이션을 하는 장면이다. 엘리베이터 토크, 30초 프리젠테이션이다.

주인공 여성이 엘리베이터 안에서 경영자에게 한마디, 독특한 아이디어를 말한다. 매우 바쁜 경영자는 그 프리젠테이션에 귀중한 시간을 할애할 가치가 있는지 여부를 판단하기 위해 이 엘리베이터 토크, 30초 스피치를 주문한다.

"지금 바쁘니까 엘리베이터 안에서 듣기로 하죠. 만약 내용에 관심이 간다면 다른 약속을 내일로 미루고 사무실로 돌아가서 이야기를 계속하도록 하겠습니다. 자, 말하고 싶은 게 무언가요?"

처음 30초, 첫 마디에, 이거 좀 재미있는 걸? 좀더 듣고 싶은데? 라고 느끼게 만들 정도의 문장이 아니라면 버려지는 것이다. 그만큼 Hook, AIDMA 법칙에서 첫 A, 제목은 업무문에서 아주 중요하다. 이 한마디가 제대로 된다면 일은 성공할 것이다.

이런 경우도 있다. 다음 문장을 보면 어떤 느낌이 드는가?

워드프로세서만 사용할 수 있으면 여러분도 인터넷 쇼핑몰을 간단하게 만들 수 있습니다.

이것은 인터넷 쇼핑몰에서 잘나가는 라쿠텐의 창업자 미키타니 히로시(三木谷浩史)가 쓴 문장이다. 지금은 종합 여행대리점에서도 업무를 점점 확대하고 있다. 이 회사는 1977년에 창업하여 시대의 총아가 되었다. 당시 흥은(興銀)을 그만두고 젊은 나이에 독립한 것도 뉴스거리였기 때문에 그는 싫든 좋든 주목을 받았다. IT 버블 붕괴로 주가가 폭락하기도 했지만 그 아수라장을 벗어나자 어느새 대기업으로 성장했다. 그가 독립할 때 국내에는 약 2,200개의 인터넷 쇼핑몰이 존재하고 있었다. 그야말로 군웅할거의 전국시대였다. 그런데 이들 인터넷 쇼핑몰의 경영 내용을 살펴보면 그다지 이익을 내고 있지는 않았다.

어디가 잘못되었을까? 그는 신중하게 잘 안 되는 쇼핑몰, 매상이 오르지 않는 쇼핑몰을 연구하여 비교 검증했다고 한다. 파는 쪽이 잘못하고 있다는 결론이었다. "인터넷 쇼핑몰을 만들어 드릴 테니 카탈로그를 가지고 오세요"라든지, "초기투자에 100만 원, 월간 운영비용 30만 원, 그리고 매상의 15%를 보내 주세요"라고 해서는 팔릴 수가 없었다. 이것을 그는 "요금은 5만 원만 부담하면 되고, 노하우나 파는 방법은 친절하게 가르쳐 드립니다"로 바꾸었다. 그리고 고객을 확실히 설득할 수 있는 표현을 생각해 보았다. 그것이 바로 이 문장이다.

워드프로세서만 사용할 수 있으면 여러분도 인터넷 쇼핑몰을 간단하게 만들 수 있습니다.

마우스를 클릭하는 것만으로도 누구나 간단하게 쇼핑몰을 열 수 있다. 이만큼 장벽이 낮아진다면 누구라도 한번 해 보고 싶어질 것이다. 이렇게 폭발적인 기세로 고객 모집에 성공한 것이다.

서비스 내용이 좋고 나쁘고를 떠나 우선은 고객을 끌어들이지 않으면 승부를 걸 수 없다. 고객을 끌어들이기 위해서는 처음 한마디가 중요하다. 이 문장이 실패하면 내용이 아무리 좋아도 히트할 수 없다. 그 증거로, 단행본에서도 내용이 완전히 같음에도 불구하고 제목만 바꾸어 순식간에 백만 부를 초과하는 베스트셀러가 나온 경우도 있다.(칭찬은 고래도 춤추게 한다 등. 처음 책은 전혀 팔리지 않았었다)

짧으면 짧을수록 임펙트가 강하다

긴 문장보다 단문을 쓰는 것이 더 어렵다. 두 시간 강연보다 3분 스피치가 더 어렵다.

나는 도쿄시와 출판사가 주최하는 문장강좌를 시리즈로 하고 있는데(초 인기강좌로 모집과 동시에 마감이 되어 버린다), 문장을 조금이라도 써본 적이 있는 사람이라면 웬만큼 짧은 문장이 더 어렵다는 사실을 알고 있을 것이다.

이 강좌에서 자주 사용하는 방법으로 다음과 같은 내용이 있다.

수강생들에게 어느 정도의 장문을 쓰게 한다. 장문쓰기가 끝나면 그 글을 400자 원고지 한 장에 정리해 보라고 한다. 수강생들은 어떻게 해서든 이것을 해 낸다. 그러나 문제는 그 다음이다.

"예, 그럼 이제 50자 분량으로 정리해 보세요."

이렇게 말하면 "예?"라고 웅성거린다. 속으로 '나는 곤란한데……', '어떻게 해야 하나?' 하고 허둥댄다. 그러나 거기에도 역량이 있는 사람이 있어 그것을 해 내기도 한다.

"그럼 이제 이것을 10자 분량으로 정리해 주세요." 그러

두 시간 강연보다
3분 스피치가 더
어렵다.

면 "너무 무리다", "손들었습니다" 하면서 백기를 드는 사람이 적지 않다. 장문을 쓰고 나서 단문으로 정리하는 것이 얼마나 어려운지를 느끼는 것이다. 분명 어려울 것이다. 그 기분은 잘 안다.

"잘 생각해 보세요. 이 문장이 막상 책이 된다면 서점에 진열되겠지요. 그렇다면 출판사는 신문에 광고를 합니다. 이 광고 문장이 50자 정도입니다. 뿐만 아닙니다. 단행본에는 띠가 둘러져 있습니다. 업계에서는 이것을 띠지라고 하는데, 메인 선전문구는 기껏해야 10글자 정도입니다. 그래서 여러분의 문장을 50자와 10자로 써 보라고 한 것입니다."

아무리 긴 문장이라도 한마디로 표현할 수 없으면 안 된다. 이만큼 압축에 압축을 하면 무엇을 알 수 있는가? 테마가 부각될 수 있다.

예를 들어 가와바타 야스나리는 「이즈의 무희」를 쓴 것이 아니라 이 작품을 통해 자아의 발견을 묘사한 것이다. 그의 테마는 자아의 발견이라는 글자로 집약될 수 있다. 소설에는 테마가 없고 소설은 문장 그 자체를 즐기는 것이라고 생각하는 사람이 있는데, 그렇지 않다. 업무문이든, 소설이든, 에세이든, 잡소리들을 삭제하고 삭제해서 '이것만은 전달하고 싶다'는 테마가 있다.

업무문으로 말하면, "그럼 결론은?" 이라는 질문이 왔을 때 답하는 한마디다.

사실 긴 문장은 긴 문장대로 어려운 것이다. 우선 그 정도 볼륨에, 말하는 만큼의 내용이 없으면 안 되고, 중간에서 흥미가 끊어지지 않도록 끌고 나가는 구성과 전개가 없으면 안 되기 때문이다. 하지만, 그래도 단문이 더 어렵다고 느끼는 이유는 그 밀도 때문이다. 오로지 촌철살인의 밀도가 요구되기 때문이다.

업무문을 쓰는 요령은 간단히 쓰는 것이다. 말하고 싶은 것이 무엇인지 확실하게 전달한다. 복잡한 것은 심플하게 정리한다. 읽는 사람들이 '과연 그렇구나! 라고 납득할 수 있어야 한다. 그렇지 않은 문장은 읽는 사람의 머리를 혼란스럽게 할 뿐이다. 평이하고 짧게! 이것이 절대적인 조건이다. 나만 알면 그만이라는 어린아이 문장은 안 된다.

일류 정치가에게 배우는 문장술

옷깃의 중심 부분을 '령(領)' 이라고 하는데, 여기를 누르면 옷의 균형을 잡을 수 있다. 여기서 령(領)을 잡는다고 하는 의미로 '요령' 이라는 말이 생겨났다.

문장표현에서 가장 심오한 경지는 이 요령을 다하는 것이다. 요컨대 '간단한 것이 최고다(simple is best)' 라는 것이다. 결론은 하나로 압축한다. 결론에 이르는 중심(backbone), 이유, 논거, 동기 등은 세 가지로 압축한다. 그 이상은 아무리 열거해도 읽는 사람도 깨닫지 못하므로 소용이 없다. 우선은 결론부터 쓰는 습관을 철저히 한다.

처칠 수상이나, 레이건 대통령은 보고서를 볼 때, 끝까지 읽어야만 결론을 알 수 있는 보고서는 읽지 않았다. 결론은 한마디로 만들어서 서두에 놓고, 논거는 그 아래 세 줄로 정리하라. 그럼 첫 페이지를 보면 결말이 난다. 이것이 '처칠 · 레이건 방식' 이다. 결국 삼행혁명(세 줄의 혁명)이다.

이것은 그들이 발명한 것도 아니다. 많은 사람들이 삼행 보고를 철저하게 시켰고, 많은 경영자들(결국 바쁜 사람들)이 결론을 바로 알 수 있는 이런 형태의 보고서를 요구했다.

"그런데 어떻게 포인트를 주면 좋을지 모르겠습니다."

이렇게 말하는 사람도 있을 것이다. 그런 사람들은 다음을 참고로 해 주기 바란다.

매번 선거 때면 거리는 유세소리로 가득 찬다. 선거 활동이라기보다 소음 난동에 가깝지만, 선전용 자동차에 타고 있는 사람들이 가장 연호하는 것이 무엇인지 생각해 보자. 막판에 이르면 그들은 대체 무었을 외치는가? 그것은 이름이다.

"김개동을 부탁합니다."

"김개동입니다."

"개동입니다, 김개동입니다."

"부디 김개동을 부탁합니다."

이처럼 몇 번이든 이름만을 반복한다. 왜 그럴까? 선거에서 가장 중요한 것은 표를 얻는 것이기 때문이다. "이번에 입후보한 이유는……" 따위를 할 여유가 없다. 그러는 것보다 우선 이름을 알리는 것이 중요하다. 마지막 날에는 각 후코들 모두 이름을 연호하는 퍼레이드를 한다.

그럼 이름 다음 중요한 포인트는 무엇인가? 여러 가지가 있을 것이다. 그것들을 세 가지로 압축하여 표현한다. 압축하지 않으면 상대에게 전달되지 않는다. 세 가지로 압축하여 박스쓰기로 스마트하게 표현하면 유권자의 머릿속에 잘 들어간다.

문장의 가장 심오한 경지
– 쓰지 않는 것

일류 정원사는 멋진 정원을 꾸미기 위해 전체를 보면서 어떤 나무를 잘라내야 하는지 잘 안다. 문장도 마찬가지다. 읍참마속이라 할까. 하지만 마음먹고 잘라내 보면, 전체적으로 문장의 밀도가 단단해질 것이다. 낭비하면 손해만 커진다. 불필요한 부분이 없을 때 포인트가 선명히 눈에 들어온다. 쓸데없는 문장을 읽는 수고를 하지 않아도 된다. 그만큼 시간이 절약된다. 이것저것 자질구레하게 늘어놓지 말라. 지나치면 아니함만 못한 것이 아니라 문장에서는 아예 하지 않는 것이 좋다.

왜 그럴까? 문장은 쓰는 사람과 읽는 사람의 공동작업이기 때문이다. 쓰는 사람이 아무리 전달하고자 해도 읽는 사람과 주파수가 맞지 않으면 대화는 불가능하다. 특히, 쓰는 사람이 읽는 사람을 생각하고 문장을 쓰지 않으면 그 문장은 바로 버려진다. 여기에 문제의 심각성이 있다.

쓰지 않는 것의 포인트는 다음과 같다.

① 꼭 필요한 정보만 쓴다.
② 불필요한 정보는 생략한다.

③ 더 필요하면 구두로 한다.

④ 참고가 되는 숫자, 자료, 데이터는 본문에 쓰지 않고, 보충자료, 별첨자료로 한다.

⑤ 문장스타일도 가능하면 박스쓰기에 가까운 표현으로 한다. 읽는 사람이 삐딱하게 읽을 수 있기 때문이다.

단 한마디만 전할 수 있다면?
이라고 항상 생각하라

"어떻게 하면 한마디로 정리할 수 있습니까?"

"공중전화 한 통화로 무엇을, 어떻게 보고할까 생각하면서 써 보십시오."

"결론부터 말하면, ○○로 했습니다. 그 이유는 ○○이기 때문입니다. 그에 대한 대책으로는 이렇게 생각하고 있습니다. 실시는 ○일부터 시작합니다. 상세한 내용은 추후에 설명 드리겠습니다. 지시하실 내용이 있습니까?"

중요한 것은 우선순위에 따라 정리하는 데 있다. 앞에서도 언급했지만, 전쟁이 끝났을 때 가장 알고 싶은 정보는 승패의 여부다. 어떤 방법으로 이겼는지 졌는지는 중요하지 않다. 우선은 이겼는지 졌는지 결론을 앞에 쓴다. 그렇지 않으면 업무문으로서는 실격이다.

역사상 이보다 더한 실패는 없다고 생각될 정도로 잘못 쓰인 업무문을 본 적이 있다. 태평양전쟁, 이른바 진주만 공격의 선전포고에 관한 내용인데 당시 일본정부에서 암호해독에 종사하던 재미일본대사관 전신과 직원은 "그런 애매한 표현이 선전포고라고는 생각도 하지 않았다"는 것이다. 대체 어떠한 문장이었기에 그랬을까?

제국정부는 (중략) 이후 교섭을 계속해도 타결에 이를 수 없다. (중략) 미합중국정부에 통고함을 유감으로 생각한다.
(합중국정부와 교섭을 했지만 어떤 방법으로도 생각처럼 성과를 얻을 수 없었다. 이것은 굉장히 유감스럽지만 그래서 이후……)

이런 문장인데, 이 내용은 전보 14편에 있었다. 게다가 이 한심한 표현도 마지막에야 등장한다. "이렇게 길이가 길어서 번역에도 시간이 많이 걸립니다"라는 것이 외무성의 변명이다. 하지만 당시 정세를 생각해 보면 이 문서를 선전포고라고 곧바로 생각하지 않는 것이 오히려 이상하다. 대사관 직원은 미국에서 태평스럽게 있었기 때문에 생각차이가 있었음은 부정할 수 없다. 전보 13편까지 해독해서 긴급을 요하는 것이 아니라고 판단하고, 마지막 14편은 천천히 해독해도 좋다고 여겼을 것이다.

확실한 선전포고만큼 중대한 문서라면 어떻게 해서든 전달되는 문장으로 써야 한다. 하지만 그것은 그때나 지금이나 정부관료가 표현하는 한에서는 무리일 것이다. '선전포고와 같은 중대문서야 말로 엄숙한 표현, 고상한 표현이어야 한다. 우선, 전문으로서 격조가 높아야 하고, 정부가 기대하는 바를 역사적으로 호소할 수 있어야 한다' 는 사고

방식이다. 선전포고만큼 중요하고 중대한 업무문이 이 세상에 또 있을까? 우선 결론부터 쓴다는 원칙은 이때야말로 중요하지 않았을까? 문장술의 원칙 무시, 당사자의식 결여와 형식주의 때문에 일본은 망쳤다.

중요한 포인트만 전달하면 다음은 덤이다. 한마디의 중요성에 더 배려하지 않으면 성공하는 글쓰기는 불가능하다.

제4장

그럼 실제로 써 보자!

: 이 정도라면 절대 합격인 업무 문장술

요령을 터득하는 것은
인생과 업무에서
급행열차 티켓을 손에
넣는 것과 같다.

이런 포맷이라면 누구라도 쓸 수 있다

문장은 써 보아야만 마스터할 수 있는 것은 아니다. 그래서 이 장에서는 대표적인 업무문을 예로 들어 그 쓰는 방법의 비결을 전수하고자 한다.

① 전달메모
② 영업사원의 일일보고서
③ 영업사원의 출장보고서
④ 해외시찰 보고서
⑤ 회의보고서
⑥ 품의서
⑦ 시말서
⑧ 고객에 대한 안내서(감사하는 마음 표현)
⑨ 독촉장
⑩ 클레임에 대한 사과문

문장에는 이것이 아니면 안 된다고 결정된 것은 없다. 입장이나 상황, 타이밍에 따라 문장 내용이 바뀌는 것은 당연하다. 여기 소개하는 업무문은 '나 같으면 이렇게 쓰겠다! 라는 기준일 뿐이다. 이런 업무문을 영업사원 시절부터 수백 번 써 온 경험이 있을 뿐이다. 특히 내 경우에는 영업직 경험이 길었기 때문에 일일보고서, 출장보고서, 독촉장 등을 쓰는 것이 일상생활이었다. 따라서 여기 소개하는 업무문은 모두 〈내 방식대로 문서〉일 뿐이다.

더욱이 이 업무문에는 "이것은 꼭 집어넣어라!", "이것만 빠뜨리지 않는다면 합격이다!"라는 핵심이 존재한다. 이 포인트만 염두에 두면 누가 읽어도 이상하지 않다. 아니 일류 업무문을 쓸 수 있다. 그런 업무문 쓰는 방법을 전수하려고 한다.

회사는 문장으로 돌아간다

구두로 지시를 하거나 지시를 받는 업무가 많다. 그러면 업무문이 전혀 없는가? 그렇지 않다. 전언메모, 전달문서, 신청사항, 품의서 결재 상신 등등 많은 업무문이 회사 안을 돌고 있을 것이다. 그중에서도 화려하지는 않지만 가장 큰 활약을 하는 것이 사내 전달문서다. 특정인에게 전하는 전언메모에서, 불특정다수를 대상으로 한 게시판, 회람문서 등 다양한 스타일의 업무문이 있다. 여기서는 우선 가장 흔한 업무문, 즉 전언메모를 소개하기로 한다.

전언메모

○○씨(또는 과장)

○○산업 ○○부장으로부터 문의전화가 왔었습니다.
이벤트기획 견적 건으로 긴급히 연락을 바라고 있습니다.
오늘 오후 3시까지 회사에 있고, 그 이후는 휴대전화로 연락해 달라고 합니다.
전화는 회사(○○○), 휴대전화(○○○)입니다.

　　　　○월 ○일 ○시 ○분 2과 과장 김개동 접수

전언메모

○○씨

—— 아래 ——

① 성명(　　　　　　　)

② 회사명(　　　　　　　)

　 소속(　　　　　　　)

③ 용건

(　　　　　　　　　　　　　　　　　　　)

④ 전언

(　　　　　　　　　　　　　　　　)

⑤ 회신

(O) 전화요

(　) 불필요

6. 비고

(　　　　　　　　　　　　　　　　)

O월 O일 O시 O분

수신자 2과 김개동

🍀 포인트

① 메모의 중요한 점은 사람에게 전달하기 위한 도구라는 점이다.

② 무엇을 전달했는가가 아니라 무엇이 전달되었는가가 중요하다.

③ 최소한 꼭 필요한 정보는 다음과 같다.

　1) 누구에게서 온 전화인가? (발신자)

　2) 누구를 찾는 전화인가? (부재중인 수신자)

　3) 누가 접수했는가? (실제 수신자)

　4) 내용, 즉 용건

　5) 날짜 및 시간

　6) 비고란. 무엇을 적어도 좋음.

이러한 정보 중에서도 가장 중요한 것은 1), 2) 그리고 5) 이다. 언제, 누구한테서, 누구에게 전화가 왔는가, 최소한 이런 정보만 있으면 된다.

다만, 1)에서 5)까지 모두 메모했다고 해서 안심해서는 안 된다. 그 이유는, 지금까지는 작업이고 업무는 아니기 때문이다. 여기에서부터가 중요하다. 즉, 6) 비고란을 정확하게 써넣어야 한다는 것이다. 예를 들어, 전화 상대방의 기분까지 살펴서 '상당히 화를 내는 상태' 인지 '매우 기뻐하는 상태' 인지 적어 넣는다. 그러면 답신을 할 때 어느 정도 마음의 준비를 할 수 있지 않을까? 단순히 〈전화필요〉에 O표를 해서 전하는 것만으로는 무언가 부족하지 않나?

일일보고서는 상사를 위한 업무문이 아니다

일일보고서는 하루 일을 보고하면서도 반드시 내일에 대한 대책이라는 미래지향적 보고서로 만들어야 한다.

영업사원이 일일보고서를 쓰는 것은 자기 자신을 위해서다. 이것은 기본 중의 기본이다. 나도 영업사원 경험이 길었기 때문에 잘 알지만 상사 중에는 숫자를 확실하게 해두지 않으면 불안해서 견딜 수 없는 사람이 많다. 상사 입장을 생각하면 동감할 수 없는 것은 아니지만, 일일보고라는 것은 하루의 결과 보고다. 이미 과거의 정보다. 문제는 내일부터 어떻게 할 것인가, 라는 대책이 중요하다.

그래서 일일보고서는 하루 일을 보고하면서도 반드시 내일에 대한 대책이라는 미래지향적 보고서로 만들어야 한다. 그렇게 하지 않으면 단순한 작문일 뿐이다. 비즈니스문서 예문집 등을 보면 이 점이 강조되어 있지 않다.(비즈니스 경험이 없는 사람이 썼기 때문일까?)

본부장 (인)

부장 (인)

과장 (인)

담당지역 결과보고에 대해서

O년 O월 O일

영업1과 김개동 (인)

	회사명	매상 (단위 만원)	상황	이후 대책	재방문 예정
1	한국기업(주)	1,200	전월부터 플로우해서, 조건 협약에 성공	관계처가 많으므로 처음부터 확대해 감	O월 O일 O시 소개의뢰를 위한 방문
2	(주)동산업	230	커피기기 부품 교환하는 소상인	문제는 예산과의 균형. ○○사와 계약파기가 기회. 다음달 말이 승부수	매주 월요일 플로우 예정
3	(주)산전	0 다음달 120	○○사 ○○부장에게서 ○○사장을 소개받음	동산업과 가까워 적당한 때에 방문할 수 있다고 판단	
4	세전산업(주)	640	지점개설을 위한 비품 발주	여기에 한하지 않고 매상확대를 위해 거래처 지점망을 모두 정정할 필요	O월 O일
5	소천건설(주)	380 다음달 380	비품수주	항상 동일	없음
6	촌전양복점	120 다음달 120	비품수주	항상 동일	없음
7	강전슈퍼	100 다음달 100 다다음달 1,200	비품수주	항상 동일. 단 내년 신점포 개설. 플로우 필요	O월 O일
계	7사	2,670			

🍀 포인트

① 포인트를 강조하여 박스형태 쓰기로 한다.
② 전망의 유무(예측), 성공, 실패의 결과를 명확하게 기재한다. 이것을 적당히 쓴다면 신용을 잃게 된다.
③ 책상에 앉아서 한꺼번에 정리할 것이 아니라 남는 시간에 틈틈이 기입한다.
④ 그것을 위해 포맷(형식)이 필요하다.
⑤ 노트북이나 PDA와 연동할 수 있으면 편리하다. 정보가 상사의 컴퓨터에 전달된다면 일일이 보고하는 수고를 줄일 수 있으며, 상사는 세세한 상황까지 파악할 수 있다.

비용을 들인 만큼 가능한 한 세세하게 기록하라

연휴 때 하와이나 동남아시아 등 해외여행을 하는 사람이 많다. 하지만 업무상 회사 비용으로 해외에 나갈 때는 많이 보고, 많이 듣고, 많이 체험해서 보지 못한 사람, 듣지 못한 사람, 체험하지 않은 사람에게 전달해야 하는 역할이 있다. 즉, 여러분은 회사를 대표해서 시찰을 가는 것이기 때문에 그 나름대로 보고서를 써야 한다.

업무문④ 〈해외시찰보고서〉

○○년 ○월 ○일

○○사업개발본부장 귀하

**해외(미국) 프랜차이즈 체인
국내도입에 관한 조사출장보고서**

보고자 사업개발본부 김개동 (인)

① 목적

앞으로 ○○사업에 대한 전망과 프랜차이즈 체인의

실태조사

② 지역

미국(뉴욕, 보스턴, 워싱턴, 시카고, 피치버그 등

5도시)

③ 기간

○월 ○일~○월 ○일

④ 동행자

사업개발본부과장 ○○○, 사원 ○○○, ○○○, ○○○

⑤ 상황

○○사업은 미국에서 급성장하고 있는 사업이다. 프랜차이즈 가맹점은 이후 더욱 성장할 것이라는 애널리스트(○○싱크탱크 ○○씨 외)들의 예측이 있었다. 본부 매상과 이익은 3년간 연10%~15%로 순조롭게 성장하고 있다(주가추이는 별첨자료 참조). 앞으로의 전망은 프랜차이즈가 어디까지 성장하는가에 관한 것인데, 체인점 청약이 계속 몇 배로 늘어나고 있으므로, 더욱 성장이 기대된다.

현재 일본에서는 ○○사, ○○사가 시찰하러 왔고(○월 ○일, ○월 ○일) 열의를 보였다고 한다(○○씨 이야기). 이 사업은 환경문제에 민감하게 반응하고 있는 일본에서도 히트할 가능성이 높다.

⑥ 소감

　오너 〇〇씨는 사업에 관한 열의가 강하고, 충분히
신뢰할 수 있는 인물임

⑦ 첨부자료

- 조사도시에 있는 가맹점 숫자의 추이, 매상, 이익
  신장률
- 타사와 비교한 데이터
- 업계 2위 〇〇사의 사업내용과 매상, 이익 등의
  추이 비교
- 각 지역 매장책임자 인터뷰 원고
- 사원 일정표
- 개인별 조사표와 소감
- 여비명세표

이상

① 보고 들은 것은 매일 기록한다. 메모를 모두 활용한다.

② 보고서에 써야 할 것은 테마에 관한 것만으로 한다. 이것저것 써 두고 싶겠지만 그것은 나중에 술자리에서 이야기하면 된다.

③ 그렇다면 이러한 보고서는 해외의 상황설명으로 끝나는 경우가 많은데, 문제는 '왜 이익이 되는가?', '우리나라에 도입했을 때 어떤 위험성, 기회비용, 전망이 있는가?' 이다. 항상 '사업성이 있는가?' 라는 관점에서 생각해야 함을 잊어서는 안 된다.

④ 데이터가 승부를 결정한다. 앞사람에게 전달받은 데이터나 자료는 어디까지나 참고 정도로 활용한다. 잘못된 라인에서 얼마만큼 데이터를 모을 수 있는가가 실력을 나타내는 것이다.

⑤ 그러기 위한 인맥, 정보망을 출발 전에 구축해 둔다.

어느 정도 정리해 두어야 하는가?

회의라면 기껏해야 직장상사의 원맨쇼라고 생각하는 사람이 있을지 모르겠다. 그러나 최근에는, 그런 상사는 많이 줄고 오히려 팀원들의 의견을 경청하는 겸허하고 솔직한 상사가 늘고 있다. "나를 따르라!"고 소리치는 박력 있는 상사가 줄어든 것은 유감이지만, 가치 있는 부하직원의 정보를 진솔하게 인정하는 것은 좋은 현상이다.

회의보고서는 임원회의라면 비서의 담당업무겠지만, 더 일반적인 직장회의 수준의 보고서를 가정하여 생각해 보자.

○○년 ○월 ○일

총무본부장 귀하

총무과 김개동 (인)

과내 회의보고서

① 의제 : 과원의 잔업 대책에 대해

② 장소 : 본사 2층 103호

③ 일시 : ○년 ○월 ○일 ○시~○시

④ 참석자 : 5명(○○, XX,……)

⑤ 의견

- 영업시간 이후에 방문객이 많다.
- 타부문의 고객에 대해서도 접대 서비스가 요구된다.
- 커피자판기를 설치하는 것이 어떨까?
- 비용은?
- 관리는?
- (이하 생략)

⑥ 대책

- 영업시간 이후는 경비에게 대행시킬 것인가 접수처에 대표전화를 설치할 것인가.

- 부문마다 업무를 명확히 한다. 접대는 각 부문에 맡긴다.
- 커피자판기를 설치한다.
- 예산은 총부부에서 계상한다.
- (이하 생략)

⑦ 소감

- 쓸데없이 피곤하게 될지도 모르는 테마임에도 불구하고, 잘 정리하면 의견과 대책을 제안할 수 있다고 생각.
- 특히, 타부문과 항상 마찰을 일으키던 건(방문객에 대한 접대)에 대해서는 해결책이 나온 것 같음.
- 커피자판기의 도입은 타사에서도 진행하고 있고, 과장과 상담 뒤 적극적으로 추진해 나가려고 함.

⑧ 배포자료

- 노동부 잔업시간 데이터
- ○○ 싱크탱크 자료

이상

① 회의에서는 의견이 빗나가기도 쉽고, 또 격렬하게 되기도 쉽다. 그만큼 항상 테마를 명확히 해서 생각하고, 테마에 준한 내용만을 픽업해서 기록해 둔다.
② 누가 어떤 의견과 제안을 했는지 미리 기호를 정해 두면 착오가 없고 편리하다.
③ 개인 성명은 기재하지 않고, 서로 대화한 내용만 기재한다(임원회의는 예외).
④ 감상이나 의견뿐만 아니라 결론, 대책을 잘 정리해 둔다.
⑤ 미리, 테마에 따른 참고자료, 데이터를 준비해 둔다.

임원회의는 기록으로 남긴다. 특히 상장기업에서는 기록에 대하여 법으로 규정하고 있다. 일반적인 회의에서도 사내, 또는 과내 기록에는 남겨야 한다. 누가 참석하고, 누가 결석하고, 어디서, 어떠한 의견이 나와서, 어떠한 결론을 도출하였다는 사실을 확실하게 기록해 둔다. 결국 회의란 단순한 의견교환이 아닌 것이다. 이 긴장감을 가지고 임해 주었으면 한다.

써야할 것을 쓰면 자연스럽게 통하게 되어 있다

품의서라고 하면, 좀처럼 통하지 않는 것 아닌가? 라는 인상을 갖기 쉽지만 대부분의 품의서는 쓰기 전에 이미 승부가 나 있는 법이다. 즉, 이것은 통하기 때문에 쓴다, 이것은 통하지 않기 때문에 써도 안돼! 라는 상태에 있다. 품의서의 경우 과 직원 전부 모여 회의를 할 정도로 중대한 내용도 아니고, 구두로 설명해서 그것으로 OK를 받아 낼 수 있을 정도로 가벼운 내용도 아니다.

품의서는 업무의 수만큼이나 종류가 많다. 회사에서 가장 흔한 형태는 아마 비품이나 물품 구입 품의서일 것이다. 인사이동, 중도채용 등 인사 관련 품의서도 적지 않다.

사장 (인)

인사본부장 (인)

승인 연월일 : O년 O월 O일

인사부 품의 제179호

O년 O월 O일

인사부장 귀하

업무부 과장 김개동 (인)

아르바이트 사원 증원에 대해

위 건에 대해, 업무집중을 위한 파견사원 증원을 신청합니다.

아래

① 채용예정

　5명(워드프로세서 자격 O급 이상)

② 증원이유

● 연말을 앞두고, DM작성, 발송업무 등이 많아 이 시기에는 해마다 바빴습니다. 따라서 당해 업무에 지장을 초래할 위험이 있습니다.

③ 업무내역

● 발송

● 신구명부 체크

④ 면접 날짜

ㅇ년 ㅇ월 ㅇ일부터 수시면접(후보자 선정은 파견

회사 ㅇㅇ사에 위탁)

⑤ 근무기간

ㅇ년 ㅇ월 ㅇ일~ㅇ월 ㅇ일

⑥ 인건비

월 ㅇㅇ만원(1일 8시간 × 5명)

단, 수요일은 정기휴무

⑦ 교통비

규정에 따라 지급

⑧ 제복

대여

이상

일반적인 스타일은 기안번호, 발신 연월일, 기안자(소속, 성명), 안건명, 기안취지, 실시방법, 시기, 첨부자료 항목으로 쓴다.

♣ 포인트

① 대의명분을 명확하게 한다. 이것이 가장 중요하다.
② 안건의 논거, 특히 장점을 구체적으로 강하게 호소한다.
③ 거짓은 안 되겠지만, 오버 프리젠테이션도 때로는 필요하다. 특히 품의서는 그것이 들어맞는 경우가 많다.
④ 구체적인 숫자가 승부를 결정한다. 열의만으로 품의서는 통하지 않는다.
⑤ 중요한 것은 정치력이다. 품의서를 쓰기 전에 결재가 날 수 있도록 확실히 사전작업을 해 둔다.

시말서는 징벌, 징계의 문서다

12년 동안 직장생활을 하면서 시말서를 딱 한 번 쓴 적이 있다. 한 번도 쓰지 않는 사람이 많으므로 한 번밖에 안 썼다고 해서 자랑할 일은 아니다. 하지만 그 경험이 이렇게 책을 쓸 때 도움이 되리라고는 20대 중반의 나는 알지 못했다.

내 과실은 출장을 갈 때 가지고 있던 영수증 묶음을 전차 안에서 분실한 것이었다. 종이봉투를 선반 위에 둔 채 그대로 내린 것이다. 이때 시말서를 쓴 이유는 다른 것보다도, 쓰지 않으면 분실 이후 그 영수증 묶음이 악용될 때 더 큰 문제를 일으키기 때문이다. 가령, 회사가 탈세를 의심받는다든지, 누군가 영수증에 허위숫자를 기입하여 악용할지도 모른다. 당연히 경찰에도 분실 사실을 신고하였다. 따라서 당사자로서는 시말서를 쓰지 않을 수 없었다.

시말서라는 것은 실수했으니까 쓰겠다고 스스로 결정하는 것은 아니다. 상사에게서 시말서감이라는 말을 듣고 강요에 의해 쓰는 것이다. 상사 마음대로 시말서를 쓰게 하거나 면해주는 것도 아니고, 회사 규정으로 써야만 하는 것이다. 고의, 과실을 불문하고 간과할 수 없는 손해(금액,

문제 등)를 일으킨 책임을 묻는 것이다. 당사자로서는 대단한 불명예이며, 수치이기도 하다. 시말서를 쓸 정도면 차라리 퇴직하겠다는 사람도 있다.

여기서 시말서의 의미를 알 수 있다. 즉, 시말서는 문서에 의한 징벌, 징계다. 사실 시말서는 중역에게까지 보고가 되고, 회사규정에 따라 급여나 승진에도 적지 않은 영향을 미친다. 쉽게 말하면 시말서는 '반성하라, 반성하는 말을 문장으로 표현하라'는 것이다. 당연히 시말서는 퇴직을 해도 인사부 또는 총무부 창고에 영원히 보관된다(내 시말서도 찾아보면 있을 것이다).

♣ 포인트

① 고의, 과실을 불문하고 변명을 하지 않고 담담하게 사실관계만 적는다.
② 회사에 끼친 손해를 객관적으로 적는다.
③ 오로지 반성과, 재발방지 메시지로 일관한다.
④ 형식은 없다.
⑤ '~이다' 형태보다는 '~입니다' 형태가 바람직하다.

시말서

○년 ○월 ○일

대표이사 ○○ 귀하

업무부 김개동 (인)

  이번에 저의 과실로 인해 회사에 심각한 손해를 입힌 점 깊이 사과드립니다.

  차후 이러한 문제가 없도록 주의를 다할 것을 다짐합니다.

  저의 과실로 회사에 입힌 손해는 다음과 같습니다. 이를 확인함과 함께, 배상에 대해서는 회사 결정에 따르겠습니다.

아래

① 영수증 분실(번호 ○○~○○)
② 금전 분실(일금 120만 원)

이상

 34 감사장은 형식에 구애받지 말라

면담 후에는 전차 안이나 공원 벤치에 앉아서 감사 편지를 쓰고 바로 우체통에 넣었다.

회사에 다닐 때 나는 영업업무를 가장 오래 했고, 영업업무가 가장 내 체질에 맞았다고 생각한다. 나는 사람들이 좋았고 사람과 만나서 공부하는 것이 좋았다. 업무 때문이기는 했지만 만나고 싶은 사람은 누구나 만날 수 있었다. 대화를 통해 배우는 것도 많았다. 그래서 누군가를 만날 수 있으면 그만큼 마음으로 감사했다. 면담 후에는 전차 안이나 공원 벤치에 앉아서 감사 편지를 쓰고 바로 우체통에 넣었다.

언젠가 이런 일이 있었다. 처음 방문한 곳이었는데 면담 상대인 담당자뿐만 아니라 영업부장까지 기다리고 있는 것이었다. 어떤 영업사원이 올지 궁금했기 때문이란다. 나는 어쨌든 면담 약속을 잡아 준 것만으로 감사해서 미리 엽서를 보냈던 것이다.

면담 약속을 받게 되어 진심으로 감사드립니다. 감사합니다. O년 O월 O시, 약속대로 가르침을 받도록 하겠습니다.

면담 약속을 잡아 준 것만으로 미리 감사 편지를 보내는 영업사원. 이런 사람은 흔하지 않기 때문에 겨우 이 정도 문장만으로도 크게 감동을 했던 것 같다. 마침 점심시간이라 영업부장이 함께 있었는데, 도대체 어떤 사람인지 보고 싶다며 같이 왔던 것이다. 평가는 좋았던 듯하다. 그 증거로 내 영업 실적은 항상 최고였다.

감사문의 기본은 간결함이다. 진심으로 감사하다는 마음이 있으면 문장에 그 느낌이 포함되어 따라간다. 자기를 과시할 필요가 없다. 솔직하게 감사하다는 느낌을 표현하면 된다.

자료송부 안내

귀 회사의 번영을 바라마지 않습니다.

당사의 신상품에 대해 조속히 문의해 주서서 진심으로 감사드립니다. 본 제품 담당자로서 고객님의 반향이 가장 힘이 됩니다. 고객님께서 참고로 할 수 있는 아래 자료를 송부해 드립니다.

다만, 현재 제공할 수 있는 서류는 이것뿐이라서 이후 더욱 확충해서 보내 드리겠습니다. 매장에서도 널리 선전하고 있으므로 염려하지 않으셔도 됩니다. 즉시 담당자에게 안내하도록 하겠습니다.

날씨가 더운데도 계속 도와주서서 진심으로 감사드립니다.

아래

① ○○의 팸플릿 1부
② ○○의 사진 1매
③ ○○의 가격표 2부

이상

① 진심으로 감사한다.

② 계절 인사 등 정형화된 표현은 최소한으로 한다. 내용이 희박해지기 때문이다.

③ 어쨌든 스피드가 생명이다. 감사의 마음을 전하는 데는 적당한 시기가 있음을 잊어서는 안 된다. 일초라도 빠르면 빠를수록 좋다.

④ 편지, 엽서 등 형식은 문제가 되지 않으며, 문장의 길고 짧음도 문제되지 않는다. 짧게, 빠르게 전하는 것이 임펙트가 더 강할 수 있다.

⑤ 최소한의 예의만은 지켜야 한다. 문장표현은 입으로 하는 말과는 다르다. 친한 사이라도 예의가 있는 것이다. 겸허하게 자기를 낮추라. 배운다는 자세를 잊어서는 안 된다.

예의를 잃지 말고 단지 압력만을 가하라

영업에 있어서 독촉장은 늘 따르는 것이다. 나는 영업사원 시절, 매주 토요일은 독촉하는 날로 정하고 전화를 걸었다.

"○○ 대금 관련입니다만 벌써 3개월이나 경과했습니다. 언제쯤 지급이 가능하시겠습니까?"

"이번 달 말에는 지급해드리겠습니다."

"꼭 좀 부탁드리겠습니다."

이렇게 했음에도 불구하고 월말에 입금이 되지 않는 경우가 여러 번 있었다. 비즈니스는 팔고 나면 끝이 아니라, 대금을 회수해야만 비로소 모든 것이 종료되는 것이다. 회사 돈이라서 "월말에 보내주세요", "예, 그렇습니까?"로 끝나지만, 이것이 자신의 돈이라면 어떨까?

"정말로 보내주시는 겁니까?"

"정말로, 정말입니까?"

"정말로, 정말로, 정말입니까?"

이렇게까지 물고 늘어질지도 모른다. 이런 기분을 문장으로 표현하는 것이 독촉장의 요령이다. 지불받는 것은 당연한 것이기 때문에 당당하게 청구할 수 있지만 상대는 어디까지나 고객이다. 고객은 왕이므로 깔끔하게 대응해야 한다. 예의를 잃어서는 안 된다. 최소한 그것만큼은 직장인으로서 알아 두어야 한다.

경리부 발신 1256

○○년 ○월 ○일

○○상사 경리부

○○ 씨

○○물산주식회사

경리과장 김개동 (인)

대금미납 알림

언제나 폐를 끼치고 있습니다.

이번 ○월 ○일부로 청구 신청한 ○○대금에 대해 안타깝게도 오늘 현재 아직 입금이 확인되지 않습니다. 처음 청구서를 발행하고 나서 벌써 3개월을 경과하고 있습니다. 어떤 문제가 발생하여 지급이 지연되고 있는 것은 아닌가 생각됩니다. 꼭 확인 부탁드리겠습니다.

오는 ○월은 당사의 결산월이기도 하고, 경리상 지장을 가져올 염려가 있으므로 신속히 알아보시고 몇 월 몇 일에 지급할 수 있는지 연락을 주시기 바랍니다.

① '경리부의 블랙리스트에 귀사가 올라있다' 는 메시지 인 경리부에서 보내는 문서번호를 오른쪽 상단에 기재 한다.

② 상대방이 고의가 아닌 실수라는 생각으로 문장을 써야 한다. 상대는 고객이지 범인이 아니다.

③ 아무리 작은 대금이라도 대금은 대금이다. 상대방의 지급조건을 체크해 두어야 한다. 어떤 경우에는 우리 영업사원과 반년 후 지급이나 어음결제 등으로 계약하 고 있을 가능성도 있다. 만약 그렇다면 이쪽의 커뮤니 케이션 부족을 드러낼 뿐이다.

④ '즉시 지급' 이 아니라 같은 표현이라도 '조사해 주세 요' 라고 기재한다. 그 뒤에 요구해야 할 것을 확실히 요구한다. 즉, '몇 월 몇 일에 지불할 것인지 연락해 주 세요' 라고 기재하는 것이다.

⑤ 예문은 기본적으로 아주 완곡한 표현이지만, 상대방이 악질적이라면 얼마든지 강하게 표현해도 상관없다.
예를 들어 '제품 회수에 나서겠다' 든지 '법적 절차를 밟겠다' 는 등 상황을 보면서 문장표현을 바꾼다.

성의를 어디까지 문장으로 표현할 수 있는가?

클레임을 단순한 클레임으로 끝낼 것인가? 아니면 하나의 기회로 삼아 상대를 충성고객으로 만들 것인가?

클레임은 영업사원이라면 늘 받게 되는 것이다. 영업뿐만 아니라 사람과 접촉하는 업무를 하고 있다면 누구라도 받을 가능성이 있는데, 역시 가장 많은 것은 영업 부문이다.

나는 영업사원 시절 남들보다 두 세배나 되는 실적을 올리고 있었기 때문에 그만큼 클레임 횟수도 많았다. 클레임이 제기되면 상처를 받는 말도 듣게 된다. 영업사원에게 있어 클레임은 상처다. 문제는 이 클레임을 단순한 클레임으로 끝낼 것인가? 아니면 하나의 기회로 삼아 상대를 충성고객으로 만들 것인가? 하는 것이다. 여기서 최고 영업사원이 될 수 있는지 여부가 결정된다.

예전에 잘 모르는 회사에 제품을 잘못 배달한 적이 있었다. 물론 상대편 사장에게서 클레임 전화가 걸려 왔다. 나는 모든 약속을 취소하고 그곳으로 달려 갔고 그 제품을 그 회사에 팔아 버렸다. 일개 영업사원이 사장과 대면해서 상담할 기회는 그렇게 많지 않았다. 따라서 클레임이 제기되어 왔을 때 기회가 왔다는 느낌조차 들었다. 인연이란

것은 불가사의한 것으로, 이후 그 사장은 내가 소개하는
제품을 대부분 구매해 주었다.

그러면 사과문 쓰는 방법을 살펴보자.

발신 1256

○○년 ○월 ○일

○○상사 구매부

○○ 씨

○○물산주식회사

영업부 김개동 (인)

○○ 보고에 대하여

귀사의 번영을 바라마지 않습니다.

어제, 신제품 ○○의 납품지연에 대해 당혹감을 감출
수 없습니다만, 납품예정이 없으니 다른 제품으로 바
꾸어 드리겠다는 등, 고객님의 사정은 생각하지도 않
고 제멋대로 큰 실례되는 발언을 한 것 같습니다. 책임

자로서 부하직원의 지도교육을 다하지 못한 점 깊이 반성하고 있으며, 이로 인해 마음이 상했을 귀하에게 진심어린 사과를 드리는 바입니다.

○○제품은 주문이 쇄도하고 있어, 부하직원이 말한 대로 오늘 제조업체 쪽에 다시 확인했던 바, 재고가 부족해 공장을 풀가동한다고 해도 1개월 후에나 납품이 가능할지 어떨지 불확실한 상황입니다. ○○ 씨에게는 상당히 죄송하지만 당사로서도 전력을 다해 납기를 빨리할 수 있도록 노력을 다하고 있으므로 조금만 더 기다려 주시기 바랍니다.

구체적인 납품기일에 대해서는 담당자인 ○씨가 내일까지 연락드릴 것입니다.

우선은 납품에 대해 서두를 것이고, 이번에 저지른 무례에 대해 글을 빌어 사과드리는 바입니다.

♣ 포인트

① 정보가 승부라는 마음을 가질 것

사실관계를 확실히 파악하라. 클레임 원인의 절반 이상이 사실에 대한 오해다. 상대가 잘못 알고 있는 경우도 적지 않다. 그래서 그것을 이해시켜 주는 것이다.

② **냉정하게 객관적으로 쓸 것**

클레임에 대해 구두로 변명하려 한다면 서로 열을 받게 되는 경우가 적지 않겠지만 글로 쓰면 상대도 냉정을 유지한 채 읽을 것이다. 그래서 객관적으로 사실관계를 써 나가는 것이다.

③ **자신의 언어로 쓸 것**

사과문을 쓰는 방법을 공부할 때, 기본적으로 다른 양식들을 따라 해서는 안 된다. 무미건조하고 보잘것없는 내용이기 때문이다. 마음이 깃들어 있는지 어떤지 읽는 사람이 보면 알 수 있다.

④ **패자부활을 생각할 것**

클레임을 고객 만들기 기회로 생각하라. 한 번 잃어버린 신뢰를 되찾는 것이다. 그러기 위해 할 수 있는 것은 무엇인가. 그것은 사방팔방으로 뛰어다니며 최선을 다했다는 노력의 결실, 즉 땀이 아닐까. 나를 위해 땀을 흘리고 있다고 느꼈을 때, 불신감은 일거에 신뢰감으로 변한다.

⑤ **중요한 것은 성의다.**

비틀린 인간관계를 수정하는 것은 언제나 열과 성의를 다하는 것뿐이다. 이 기본의 기본을 잊어서는 안 된다.

제5장

인터넷 문장은 예외 투성이!

도움이 되는 메일, 메일매거진, 홈페이지 문장술

어차피 쓸 거라면,
읽는 사람에게 사랑과
힘과 용기를 줄 수 있는
문장을 쓰고 싶다.

# 인터넷 문장에는 특별한 규칙이 있다

현대는 인터넷 시대다. 불과 5~6년 전만해도 강연의뢰가 거의 문서로 왔다. 그러나 지금은 이메일이 대부분이다. 그 이유가 몇 가지 있다.

먼저, 내 연락처가 저서 말미에는 꼭 기재되어 있지만 이메일 주소와 홈페이지 주소뿐이다. 나와 연락을 취하는 데는 둘 중 하나를 택할 수밖에 없는 것이다. 또, 연락처를 찾아볼 때는 대개 인터넷에서 이름이나 저서를 검색한다. 그러면 이 또한 내 홈페이지로 바로 접속하게 된다. 어쨌든 내가 메일 주소만 공개하고 있기 때문에 이러한 경로를 따를 수밖에 없는 것이다.

그중에는 "문서로 의뢰서를 보내고 싶다"며 일부러 출판사 편집부로 전화를 걸어 담당자를 찾아 연락처를 알아내고, 그 다음에 편지를 써서 우편으로 보내는 사람도 있다. 기특하다고 해야 할까? 정도(正道)를 걷고 있다고 해야 할까? 어쨌든 오늘날과 같은 스피드 시대에 그다지 어울리는 것 같지는 않다. 다만 경우에 따라서는, 이메일 의뢰는 모두 무시한다는 사람도 적지 않으므로, 그런 사람을 상대할 때는 우편으로 문서를 보내는 편이 좋을 것이다.(사실은 본인이 컴맹일지도 모른다.)

인터넷 세계의 문장, 즉 메일, 메일매거진, 홈페이지 문장은 지금까지 말해 온 문장술과 형태가 약간 다르다. 이 분야는 최근 수년간 급격하게 발전해 왔으며 일반적인 문장이 그대로 통용되지 않는 특별한 규칙이 있다.

일전에 나에게 이메일로 강연의뢰를 해 온 회사의 의뢰서를 보도록 하자. 보면 알겠지만, 일반적인 의뢰서와 다음과 같은 차이점이 있다.

① 줄바꾸기가 많다.
② 줄을 바꿀 때 들여쓰기를 하지 않는다.
③ 메일이기 때문에 당연히 가로쓰기밖에 없다.
④ 쓰려면 쓸 수 있겠지만 계절인사는 일반적으로 생략
   한다.

한마디로 굉장히 사무적이다. 이메일 의뢰는 전부 무시한다는 사람들은 아마 이런 취향이 싫은가 보다. 그러나 나는 전혀 개의치 않는다. 인사말을 생략하고 바로 본론으로 들어가는 것이 내 취향인지는 모르겠지만, 비즈니스 의뢰에서 사무적인 것은 크게 상관없다고 생각한다.

나카지마 다카시 선생님

이제야 비로소 연락을 하게 되었습니다.

주식회사 ○○의 ○○이라 합니다.

당사는 전국 각지에서 도심정보지를 발행하고 있는

출판사 네트워크입니다.

현재, ○○에서 ○○까지 모두 32개 도시에 있는

도심정보지가 가맹되어 있고,

강의를 통해 지식·견식을 심화하고,

각 출판사들 사이에 정보교류를 목적으로 일년에

수차례 회의·연수를 주로 도내에서 개최하고 있고,

오는 8월 27일(금요일) 13:00~28(토요일) 12:00에,

각지의 영업사원을 대상으로 한 영업회의를

예정하고 있습니다.

(회의장은 도내 ○○호텔입니다.)

그 회의에서 꼭 나카지마 선생님이 강연을 해 주십사

하고, 이와 같은 연락을 드렸습니다.

너무 무례한 부탁이라 변명의 여지가 없습니다만,

한번 검토해 주지 않으시겠습니까?

첨부한 데이터에 기획서를 안내해 두었습니다.

바쁘신 중에 대단히 죄송스럽지만 확인해 주시면

감사하겠습니다.

메일로 안내를 하게 된 이 무례를 용서해 주십시오.

****

주식회사 ○○○○

담당 ○○

주소: ○○시 ○○구 ○○동

TEL : ○○○○　FAX : ○○○○　http://www.○○○○

 나의 메일매거진 문장술

인터넷이 보급되어 누구라도 이메일 주소를 가지는 시대가 되었다. 나 자신도 홈페이지를 운영하고 매주 갱신하며 메일매거진도 발행하고 있다. 대체 무엇 때문에 하고 있을까? 생각해 보면 역시 표현하는 것을 좋아하기 때문이다. 그렇지 않아도 글을 연재하거나 단행본을 겨우겨우 쓰고 있는데, 메일매거진에까지 표현한다는 것은 업이라고 밖에 말할 수 없다.

최근에는 개인발 메일매거진이 산더미처럼 늘어났다. 그만큼 모두다 의견이 있고 표현을 하고 싶다는 뜻일 것이다. 그중에는 에세이가 인기가 있어 구독자가 수만 명이나 되는 메일매거진도 있을 정도다. 내 친구는 젊은 경영 컨설턴트인데 업무로 만난 사람 만 명에게 메일매거진을 발송하고 있고, 이러한 숫자를 배경으로 비즈니스에서도 성공하고 있다. 전직 후 잠깐 사이에 톱 컨설턴트가 되어 버렸다.

메일매거진의 최대 장점은 자신의 메시지를 불특정 다수에게 송부해서, 자신을 선전할 수 있다는 점이다. 신문과 마찬가지로 구독자가 늘어나면 늘어날수록 팬이 증가

하고, 또 성공의 기회가 늘어난다. 기회를 가지고 있어도 바로 오지는 않는다. 최대의 정보발신기지야말로 최대의 정보수신기지다.

다만, 아무리 메일매거진을 발행하려 해도 읽히지 않는 메일매거진이 되어서는 안 된다. 그래서 읽히는 메일매거진의 방법과 비결을 전수하고자 한다.

내가 메일매거진을 발행한 것은 2004년 4월부터다. 경력으로 말하자면 아직 신참에 불과하다. 게다가 돈을 벌기 위한 메일매거진도 아니고 운세나 섹스지침서도 아니다. 〈지금 이 사람이 가장 재미있다. 나카지마 다카시의 감동! 인간을 위한 글방〉이라는 수수하고도 수수한 메일매거진이다. 이 메일매거진이 순식간에 8,000부를 돌파하였다. 그래서 여러분들에게도 내 비결을 전수했으면 좋겠다고 생각한 것이다.

또 한 가지 변명을 하자면, 홈페이지 접속자수가 월 60만 명이나 되기 때문에 일부러 메일매거진을 발행할 필요까지는 없다고 생각하고 있었다. 그러나 홈페이지는 독자가 일부러 방문해 주지 않으면 안 된다. 반면, 메일매거진은 독자가 차 한 잔 마시는 동안 올려 둘 수 있다는 것이 장점이다. 그 점을 생각하고 늦었지만 발행을 하게 되었다.

# 히트하는 메일매거진 문장에는 다섯 가지 법칙이 있다

　우선 나의 메일매거진 〈지금 이 사람이 가장 재미있다. 나카지마 다카시의 감동! 인간을 위한 글방〉을 들여다보자.

　매주 한사람씩 감동한 인물, 감동한 영화, 이벤트, 연극 등을 소개하고 있는데, 메일매거진의 내용은 각자의 취향에 맞게 쓰면 된다. 여기서 문제는 문장술이다. 어떻게 쓰면 좋을까? 어떻게 써야 할까?

　다양한 메일매거진을 분석해 보면 히트하는 메일매거진에는 다음 다섯 가지 법칙이 공통적으로 존재한다.

① 목표를 명확히 한다.
② 한눈에 읽히는 문장으로 한다(한 줄에 30자 한도).
③ 줄바꾸기를 많이 한다.
④ 공간이나 스페이스를 많이 넣는다.
⑤ 유머감각이 드러나도록 한다.

　물론 내용이 가장 중요한 것은 당연하다. 또, 막대한 광고선전비를 들인다든지 상호 링크를 적극적으로 수용하면

그만큼 부수는 늘어난다. 다만, 여기에서는 어떠한 문장을
쓸 것인가로 한정해서 이야기를 진행하고자 한다.

이 다섯 가지 법칙을 알기 쉽게 설명해 보자.

40 목표를 명확히 한다

이 메일매거진의 발행 철학은 〈감동〉입니다. 삭막한 인간 생활에 한 방울의 오아시스이고 싶습니다.

편지나 엽서든 잡지나 단행본이든 대체 누구에게 읽힐 것인가 하는 목표를 명확하게 해야 한다. 물론 메일매거진도 대체 어떤 독자를 대상으로 발행할 것인가 하는 목표를 명확하게 하지 않으면 안 된다. 만인에게 읽히는 내용이란 결국 아무에게도 읽히지 않는 내용이다.

내 경우에도 "이러한 메일매거진입니다. 이러한 취향에 맞는 사람만 읽어주세요"라고 반복하고 있다.

■ 저자 : 나카지마 다카시
■ 발행 : 매주 목요일 텍스트 형식
■ 무료
■ 내용 :

이 메일매거진의 발행 철학은 〈감동〉입니다. 삭막한 인간생활에 한 방울의 오아시스이고 싶습니다. 매주 만나는 사람 중에서 감동받았다, 재미있다고 느낀 사람 한 명을 선택해서, 그 독특한 비즈니스나 발상법, 돈버는 법, 인생철학까지 절묘한 터치로 소개합니다. 감동받은 영화나, 책, 음악, 연극 등도 덤으로 소개합니다. 메마른 가슴에 수

분을 듬뿍 받아 가십시오.

내용에 게재한 대로 〈감동하고 싶은 사람〉을 대상으로
한다. 정신적인 행복감, 만족감을 추구하는 사람, 그러한
사람을 독자로 설정했다. 때문에 될 수 있는 한 감동을 주
는 사람이나 사물을 소개하고, 감동을 주는 문장을 쓰려고
한다.

41

한눈에 읽히는 문장으로 한다
(한 줄에 30자가 한도)

메일매거진 독자들은 모니터를 세로로 쭉 읽어 내려가고 싶어 한다. 그래서 30자를 초과할 것 같으면 일부러 표현을 바꾼다.

메일매거진의 지침서(그런 지침서도 있다)에는 "장문은 읽히지 않는다. 가능한 한 짧게 하라. 문장이 길어지면 몇 번이라도 나누어 써라!'는 말이 있다. 문장이 길면, '이어지는 글은 다음에 읽지 뭐!'라고 흘려버리기 때문이다.

그러나 나는 이것을 완전히 무시하고 있다. 한 가지 이야기가 완결되고 끝날 때까지 긴 문장이 계속 이어진다. 왜 이렇게 할까? 좋아하는 것을 좋아하는 만큼 쓰고 싶기 때문이다. 읽기 쉽도록 노력도 하지만, 아무리 장문이라 하더라도 그 길이를 잊어버릴 정도로 감동적인 내용이라는 자신이 있기 때문이다. 그래서 나의 메일매거진은 상당히 길다. 어쨌든 매주 사람에 대한 정보와 사물에 대한 정보 두 가지를 제공한다.

하지만 나의 메일매거진을 살펴보면 한 줄에 30자 이내로 정리되어 있음을 알아차릴 수 있을 것이다. 나는 의식적으로 그렇게 한다. 왜냐하면 메일매거진은 컴퓨터로 읽히기 때문에 길게 쓰지 않고 띄어 씀으로서 독자를 피곤하게 하지 않는다.

'될 수 있으면 눈을 움직이고 싶지 않다. 움직이더라도 아주 조금만 움직이고 싶다' 는 것이 보통사람 마음이다. 메일매거진 독자들은 모니터를 세로로 쭉 읽어 내려가고 싶어 한다.그래서 30자를 초과할 것 같으면 일부러 표현을 바꾼다. 예를 들면 다음과 같다.

① 안 되는 메일매거진 문장

딸은 이전에 제○○회 전국 배구대회에서 우승한 적도 있는 고교배구계의 유명선수이다.

② 히트하는 메일매거진 문장

딸은 전국대회에서도 우승한 적이 있는 고교배구선수다.

이렇게 한 줄로 만들면 읽기 쉽다.

줄바꾸기를 많이 한다

30자를 넘는 경우에는 무리가 되더라도 30자로 맞춘다. 그럼에도 넘는 경우는 어떻게 할까? 줄을 바꾸어 버리면 된다. 예를 들면 다음과 같다.

① **안 되는 메일매거진 문장**

　훌륭하다는 의미에서는 구부러진 스푼을 바르게 사용하도록 고쳐 주는 사람 쪽이 훌륭하지요?

② **히트하는 메일매거진 문장**

　훌륭하다는 의미에서는,
　구부러진 스푼을
　바르게 사용하도록 고쳐 주는 사람 쪽이 훌륭하지요?

2줄이 3줄로 되었을 뿐인데 이렇게 하면 독자는 목이나 눈을 가로로 움직이지 않고, 편하게 세로읽기를 할 수 있다. 이것 참 읽기 쉽네! 라고 느끼는 문장이야말로 오랫동안 독자를 끌어당기고, 이어지게 한다.

공간이나 스페이스를 많이 넣는다

줄바꾸기와 관련해서, 줄을 바꾸기 전후에 한 줄의 여백을 두는 것이다. 이것을 의식적으로 많이 둘 필요가 있다. 여백이 많으면 읽기 쉬운 것처럼 느껴지기 때문이다. 반대의 경우를 생각해 보자. 줄도 바꾸지 않고, 글자간격도 빽빽하면 '이 메일매거진은 엉망이구나' 라는 생각이 들지 않을까?

내 경우에는 조금이라도 의미가 변하는 순간이 오면 또 줄을 비운다. 어떤 이유라도 있으면 바로 비운다. 그 정도로 좋다고 생각한다.

이것이 일반적인 잡지 원고라면 단락마다 줄을 바꾸거나 이야기를 전환할 때 비우는 것이 보통이다. 하지만 메일매거진의 경우에는 문장 구성, 의미 구성보다도 읽기 쉬움을 최우선으로 해야 한다.

줄바꾸기를 자주 하거나, 공간을 많이 비워 두는 것의 진정한 의미를 이전에 ○○신문 인터넷사이트에 1년간 글을 연재할 때 절실히 느꼈다. 편집하는 신문기자 자신이 기사 쓰는 기본법을 무시하고, 뭔가 있으면 줄을 바꾸고, 뭔가 있으면 공간을 비워, 철저히 읽기 쉽도록 하고 있었다.

유머감각이 드러나도록 한다

유머의 주파수는 좁기 때문에 적당하지 않으면 웃어주지 않는다.

읽기 쉬운 문장의 비결은 재미에 있다. 그런데 이 재미만큼 어려운 것이 없다. 슬픈 문장은 주파수가 넓어서 만인이 공감하는 문장을 만들기가 쉽지만, 유머의 주파수는 좁기 때문에 적당하지 않으면 웃어주지 않는다. 다만, 웃음에는 박장대소가 있는 반면 미소도 있다. 박장대소가 아니라 미소 정도라도 좋다. 유머감각, 밝은 감각으로 문장을 쓴다. 미간을 찡그리지 않고 즐기면서 쓴다. 본인이 재미있지도 않고 즐겁지도 않은데 독자가 재미있어할 리가 없다. 그렇게 마음을 먹고 써야 하고 당연히 원고도 뽐내지 말고 기분 좋게 쓴다.

일반적인 문장보다는 이야기 투에 가까운 것이 좋다. 청소년들이 많이 사용하는 휴대폰 문자가 바로 이야기 문장이다. 그와 비슷한 문장을 쓰겠다고 다짐하는 것이 좋을지도 모른다.

월 60만 명이 접속하는 홈페이지는 이렇게 만든다

내가 홈페이지를 만든 것은 벌써 오년 전이다. 처음에는 접속자수도 하루에 수십 명 정도였다. 그러던 것이 지금은 월 60만 명이 접속한다. 매스컴의 세계에서 오랫동안 일해 왔지만 홈페이지는 '일인편집장'이라고 생각한다. 신문기자나 작가가 아니고, 텔레비전에 잘 나올 정도의 논평가도 아닌 사람이 "나는 이렇게 생각한다!"라고 정보를 발신하는 것은 얼마나 멋진 일인가? 자신의 솜씨로 의견을 발표하는 것은 개성 시대에 딱 들어맞는다. 홈페이지는 말하자면 여러분 자신의 신문사, 방송국이다.

인터넷이 출현하기 전에는 상상도 할 수 없는 일이었지만 지금은 누구라도 간단하게 정보를 발신할 수 있다. 전 세계를 대상으로 할 수도 있으므로, 신문사·방송국 이상의 위력이 있을지도 모른다.

나 홈페이지의 주 메뉴는 〈웃는 리맨 글방(비즈니스 칼럼)〉, 〈통근쾌독(독단과 편견의 유머 서평)〉, 〈B급 정보〉, 내가 주재하는 〈키맨 네트워크 정례회〉, 〈원리원칙연구회〉 개최 안내다.

나는 이것들을 매주 갱신하고 있다. 어떤 업체에 의뢰하고 있느냐고 묻는 사람이 많은데, 전혀 그렇지 않다. 모두 나 혼자 한다.

읽히는 홈페이지의 비결은 역시 읽기 쉬운 내용이다. 딱딱한 문장이라도 신뢰감이 넘치는 정보·내용이라면 접속자수도 증가하리라 생각한다. 게다가 읽기 쉬운 문장이라면 더 증가할 것이다. 접속은 인기투표이므로 읽는 사람 입장에서 만들어야 한다. 내용은 부합되지 않아도, 표현이나 문장은 읽는 사람에게 철저히 부합해야 한다.

참고로 내 홈페이지 가운데 〈웃는 리맨 글방〉의 일부를 발췌해서 소개하고자 한다. 이것은 시사문제에 관해 방장인 나, 나베씨, 유미, 세 사람이 유머가 듬뿍 들어간 논의를 통해 공부하는 코너다. 말하자면 세상이야기라고 해도 좋다.

홈페이지 인기 코너

　예문은 '세상의 중심에서 사랑을 외치다' 에 대해 생각해 보자! 라는 제목이다. 내용을 약간 소개하면, 원래 이 코너는 일반적인 문체의 원고였다. 그러나 대화체 문장으로 바꾸는 것이 읽기 쉬울 거라는 생각이 들었다. 그래서 세 사람 캐릭터를 등장시켰다. 지금도 처음 쓸 때는 보통 문장으로 쓰고, 그 후 세 사람이 이야기하는 형태로 고친다.

(전략)

ᆞ방장 : 아, 그냥… 그만합시다. 하지만 말이죠… 그 영화는 원작의 속편이이더군요. 유감이지만 도중에 나와 버리고 말았어요.

ᆞ나베 : 뭐야… 그런 영화를 확실하게 평가해 주세요.

ᆞ방장 : 미안해요. 지금 겨울소나타(겨울연가)로 대표되는 한국영화나 드라마가 히트하고 있습니다. 순애보를 테마로 한 작품이 잇달아 만들어지고 있지요. 그래서 우리나라 사람들도 즐겨 보고 있습니다. 그래도 우리 세대가 보

기에는 모두 〈러브스토리〉와 너무나도 딱 들어맞아서, 두 번 세 번 우려먹는 것 같아요.

* 유미 : 〈러브스토리〉가 뭐예요?

* 방장 : 에릭 시갈 원작, 그리고 영화에서도 각본을 썼습니다. "Love means never having to say you' re sorry 사랑은 결코 미안하다는 말을 하지 않는 거야"라는 명대사로 일세를 풍미한 영화예요. 1971년에 개봉되었는데, 그때 나는 막 중학생이 되어 있었어요. 꼬마인 주제에 조숙해서 이런 영화도 보러 갔었지요.

* 유미 : 근데, 어떤 내용이었습니까?

* 방장 : 부잣집 아들 올리버(라이언 오닐)는 변호사를 지망해서 하버드 로스쿨에 입학하고, 도서관에서 과자점 딸 제니(알리 맥그로우)와 우연히 만나 주위의 반대를 무릅쓰고 결혼을 해요. 그때 그녀는 이미 백혈병을 앓고 있었어요. 영화는 둘이서 놀았던 스케이트 링크 회상 장면부터 시작해요.

* 유미 : 백혈병이라고요? 닮았네요.

* 나베 : 비련의 상황으로는 기본형이지요.

* 방장 : 마케팅 측면에서 생각해 보면 이런 현상은 앞으로도 계속될 거예요. 버블, 버블 붕괴, 정리해고, 가정 붕괴, 흉포한 사건, 납치문

제... 이런 시대라서 순애보가 인기를 얻는 것이죠. 모두 외롭고 마음이, 가슴이 조여 오고 욱신거려 누군가에게 치료받고 싶을 거예요. 그래서 심플한 스토리가 아니면 안 되는 겁니다. 〈러브스토리〉는 가문 · 종교 · 철학의 차이, 자식과의 반목, 화해 등등... 굉장히 복잡한 내용이라서 지금 시대로서는 너무 무거워 꺼려지는 것입니다.

(이하 생략)

이슈가 되는 시사문제에 대한 궁금증을 해결하고, 유머 감각이 있는 것, 지식을 얻을 수 있고, 잡다하게라도 무언가 배을 수 있는 것, 무엇보다도 감동을 주는 것. 실제 그런지는 알 수 없지만 나는 늘 그렇게 바라면서 문장을 쓰고 있다. 기회가 된다면 꼭 접속해 보기를……. 푹 빠져들지도 모릅니다!

성공하는 **글쓰기** 전략

첫판 1쇄 펴낸날 2007년 7월 9일

지은이 나카지마 다카시
옮긴이 최영봉 · 손일
펴낸이 강수걸
펴낸곳 산지니
등록 2005년 2월 7일 제14-49호
주소 부산광역시 연제구 거제1동 1493-2 효정빌딩 601호
전화 051-504-7070 | **팩스** 051-507-7543
sanzini@sanzinibook.com
www.sanzinibook.com
편집 권경옥 · 김은경 | **제작 · 디자인** 권문경
인쇄 대정인쇄

ISBN 978-89-92235-21-1 03800

값 9,800원

이 도서의 국립중앙도서관 출판시도서목록(CIP)은
e-CIP 홈페이지(http://www.nl.go.kr/cip.php)에서
이용하실 수 있습니다.(CIP 제어번호 : CIP 2007002050)